にほんご

穩紮穩打日本語

語調篇

目白JFL教育研究会

前言

　　台灣的日語教育，無論是學校、補習班，還是坊間的日語學習書籍或線上課程，似乎對於發音以及語調這一塊的琢磨非常少。但語調在日文的對話中，是辨明語意的重要要素之一。例如：糖果「飴（あめ）」與下雨「雨（あめ）」，前者的語調為「低高」、後者的語調為「高低」。也就是說，如果語調不正確，除了聽起來怪腔怪調以外，還會影響語意的傳達。

　　日語的語調，屬於「高低重音」型，與英語的「強弱重音」型以及中文的「聲調語言」型有很大的不同。單字或者詞組中，哪一個地方必須由高音轉為低音，是非常重要的。雖然個別單字的高低重音可於字典中查找到，但當動詞或形容詞產生語尾變化（活用），後接助詞或助動詞時，整體音調的改變，並無法於字典中找到，以至於初學者常常對於應該如何發音無所適從。

　　此外，目前日本語教育界的主流，在教導動詞時，為了直接法教學上的方便，採取從「ます」形開始學習的方式。這是因為「ます」形的肯定、否定、現在、過去，在形態變化上最簡單，重音的位置也最單純（※註：「ます／ました／ません」的重音屬於附屬語決定型，所有的重音核都落在「ま」上面），因此學習者打從一開始，就沒有辦法學習到一個動詞，其動詞原形（終止形／辭書形）真正的重音核在哪裡。

　　本書為了解決上述的困擾，參考了「NHK 日本語発音アクセント新辞典」以及「新明解日本語アクセント辞典」，將初級階段會出現的動詞、形容詞、名詞＋だ的各種活用形，以及後接助詞、助動詞等表現文型時的整體語調變化，以表格的方式清楚呈現。學習者可於學習到各個句型時就查閱本書，將語調規則一併記熟，一開始就學習正確的語調。若讀者已完成初級階段的學習，亦可利用本書重新好好審視自己的發音，將已經學習過的句型之正確語調練熟。

　　本書雖屬於『穩紮穩打日本語』教程中的一冊，但作為發音語調的教材，單獨使用沒有任何問題，並不需要學過『穩紮穩打日本語』初級～進階，亦可讀懂本書的內容。因此適合所有想學習好日語正確語調的學習者閱讀。每個品詞篇章的最後，也整理了各品詞的語調規則，附錄部分亦收錄了各種複合語的語調規則等，可做為工具書隨時查閱。最後，也期望讀者可以透過本書，練就一口字正腔圓的東京標準語日語發音。

想閱文化編輯部

穩紮穩打日本語 語調篇

日語的「拍」、日語的語調類型、重音核的前後移動、各品詞活用表

part 1 動詞的語調

001. 動詞ない形的語調	p20
002. 動詞なかった的語調	p22
003. 動詞なくて的語調	p24
004. 動詞ないで的語調	p26
005. 動詞なければ的語調	p28
006. 動詞ます形與ました的語調	p30
007. 動詞ません與ませんでした的語調	p32
008. 動詞ましょう的語調	p34
009. 動詞て形的語調	p36
010. 動詞た形的語調	p38
011. 動詞ても的語調	p40
012. 動詞ては的語調	p42
013. 動詞たら的語調	p44
014. 動詞たり的語調	p46
015. 動詞なら的語調	p48
016. 動詞条件形ば的語調	p50
017. 動詞意向形（よ）う的語調	p52
018. 動詞受身形（ら）れる的語調	p54
019. 動詞使役形（さ）せる的語調	p56
020. 動詞可能形的語調	p58
021. 動詞命令形的語調	p60
022. 動詞禁止形な的語調	p62
023. 動詞連用中止形的語調	p64
024. 動詞使役受身形的語調	p66
025. 動詞連用形たい的語調	p68
026. 動詞連用形たかった／たくて／たければ的語調	p70

027. 動詞連用形たがる的語調　　　　　　　　p72
028. 動詞連用形たがらない的語調　　　　　　p74

029. 動詞連用形ながら的語調　　　　　　　　p76
030. 動詞連用形そうだ（様態）的語調　　　　p78
031. 動詞連用形に（目的）的語調　　　　　　p80
032. 動詞連用形なさい的語調　　　　　　　　p82
033. 動詞連用形やすい／にくい的語調　　　　p84

034. 動詞終止形だろう的語調　　　　　　　　p86
035. 動詞終止形でしょう的語調　　　　　　　p88
036. 動詞終止形らしい的語調　　　　　　　　p90
037. 動詞終止形そうだ的語調　　　　　　　　p92
038. 動詞連体形ようだ的語調　　　　　　　　p94
039. 動詞連体形みたいだ的語調　　　　　　　p96

040. 動詞終止形〜が（接続助詞）的語調　　　p98
041. 動詞終止形〜し（接続助詞）的語調　　　p100
042. 動詞終止形〜から（接続助詞）的語調　　p102
043. 動詞終止形〜けれども（接続助詞）的語調　p104
044. 動詞終止形〜と（接続助詞）的語調　　　p106
045. 動詞終止形〜って（接続助詞）的語調　　p108
046. 動詞連体形〜の（だ）（準体助詞）的語調　p110
047. 動詞連体形〜ので（接続助詞）的語調　　p112
048. 動詞連体形〜のに（接続助詞）的語調　　p114

049. 動詞連体形しか的語調　　　　　　　　　p116
050. 動詞連体形ほど的語調　　　　　　　　　p118
051. 動詞連体形だけ的語調　　　　　　　　　p120

052. 動詞連体形ぐらい的語調　　　　　　　　p122
053. 動詞連体形ばかり的語調　　　　　　　　p124
054. 動詞連体形まで的語調　　　　　　　　　p126
055. 動詞連体形より的語調　　　　　　　　　p128

總整理：動詞語調說明　　　　　　　　　p130

part 2 イ形容詞的語調

056. イ形容詞ない的語調	p136
057. イ形容詞なかった的語調	p138
058. イ形容詞なくて的語調	p140
059. イ形容詞なければ的語調	p142
060. イ形容詞です的語調	p144
061. イ形容詞でしょう的語調	p146
062. イ形容詞だろう的語調	p148
063. イ形容詞て形的語調	p150
064. イ形容詞ても的語調	p152
065. イ形容詞ては的語調	p154
066. イ形容詞た形的語調	p156
067. イ形容詞たら的語調	p158
068. イ形容詞たり的語調	p160
069. イ形容詞なら的語調	p162
070. イ形容詞条件形ければ的語調	p164
071. イ形容詞語幹そうだ（様態）的語調	p166
072. イ形容詞終止形らしい的語調	p168
073. イ形容詞終止形そうだ的語調	p170
074. イ形容詞連体形ようだ的語調	p172
075. イ形容詞連体形みたいだ的語調	p174
076. イ形容詞終止形〜が（接続助詞）的語調	p176
077. イ形容詞終止形〜し（接続助詞）的語調	p178
078. イ形容詞終止形〜から（接続助詞）的語調	p180
079. イ形容詞終止形〜けれども（接続助詞）的語調	p182

080. イ形容詞終止形〜と（接続助詞）的語調　　　　　　　p184
081. イ形容詞終止形〜って（接続助詞）的語調　　　　　　p186
082. イ形容詞連体形〜の（だ）（準体助詞）的語調　　　　p188
083. イ形容詞連体形〜ので（接続助詞）的語調　　　　　　p190
084. イ形容詞連体形〜のに（接続助詞）的語調　　　　　　p192

085. イ形容詞連体形だけ的語調　　　　　　　　　　　　　p194
086. イ形容詞連体形ばかり的語調　　　　　　　　　　　　p196
087. イ形容詞連体形ぐらい的語調　　　　　　　　　　　　p198

088. イ形容詞連用中止形的語調　　　　　　　　　　　　　p200
089. イ形容詞語幹すぎる的語調　　　　　　　　　　　　　p202
090. イ形容詞連用形なる的語調　　　　　　　　　　　　　p204

總整理：イ形容詞語調說明　　　　　　　　　　　　　　p206

part 3 名詞的語調

091. 名詞です的語調	p212
092. 名詞でしょう的語調	p214
093. 名詞でした的語調	p216
094. 名詞だ的語調	p218
095. 名詞だろう的語調	p220
096. 名詞だった的語調	p222
097. 名詞だったら的語調	p224
098. 名詞だったり的語調	p226
099. 名詞で（中止形）的語調	p228
100. 名詞でも的語調	p230
101. 名詞では的語調	p232
102. 名詞ではない的語調	p234
103. 名詞ではなかった的語調	p236
104. 名詞ではなく（て）的語調	p238
105. 名詞でなければ的語調	p240
106. 名詞なら（ば）的語調	p242
107. 名詞らしい（助動詞）的語調	p244
108. 名詞らしい（接尾辞）的語調	p246
109. 名詞みたいだ的語調	p248
110. 名詞＋無核助詞的語調	p250
111. 名詞＋有核助詞的語調	p252
112. 名詞＋兩個無核助詞的語調	p254
113. 名詞＋有核助詞＋無核助詞的語調	p256
114. 名詞＋の的語調	p258
115. 名詞＋だけ的語調	p260
116. 名詞＋しか的語調	p262
117. 名詞＋ばかり的語調	p264
118. 名詞＋ぐらい的語調	p266

119. 名詞だと的語調　　　　　　　　　　　　p268
120. 名詞って的語調　　　　　　　　　　　　p270
121. 名詞なの（だ）的語調　　　　　　　　　p272
122. 名詞なので的語調　　　　　　　　　　　p274
123. 名詞なのに的語調　　　　　　　　　　　p276

總整理：名詞語調說明　　　　　　　　　　p278

※附錄

1、複合動詞的語調規則　　　　　　　　　　p282
2、複合イ形容詞的語調規則　　　　　　　　p284
3、複合名詞的語調規則　　　　　　　　　　p286
4、ナ形容詞的語調規則　　　　　　　　　　p291
5、外來語的語調規則　　　　　　　　　　　p292
6、稱謂相關的語調規則　　　　　　　　　　p294
7、人名相關的語調規則　　　　　　　　　　p296

日語的「拍」：

　　學習日語的語調前，必須先了解日語的發話時長單位，「拍（モーラ）」。這也是構成節奏的基本單位。

　　原則上，一個假名（清音、濁音、半濁音）為一拍，促音「っ／ッ」與鼻音「ん／ン」的長度也為一拍。拗音則為兩個假名構成一拍，也就是「きゃ／キャ」...等，雖為兩個假名，但其整體長度與「き／キ」等清音、濁音、半濁音相同，為一拍。

　　至於長音「かあ／カー、ねえ／ネー」...等，則為兩拍。拗音的長音「きゃあ／キャー」也是兩拍。因此，練習朗讀日語單字時，可用手來打節拍，感受其節奏。
（※註：「拍」不等於「音節」。）

拍數	字彙舉例
1拍	蚊（か）、木（き）、図（ず）、車（しゃ）...等。
2拍	雨（あめ）、窓（まど）、王（おう）、損（そん）、蝶（ちょう）、いい、パン...等。
3拍	頭（あたま）、日記（にっき）、天気（てんき）、散歩（さんぽ）、漁師（りょうし）、ちょっと...等。
4拍	暁（あかつき）、札幌（さっぽろ）、日本語（にほんご）、教室（きょうしつ）、東京（とうきょう）、コーヒー...等。
5拍	鯉（こい）のぼり、お姉（ねえ）さん、プレゼント、スパゲッティ...等。
6拍	自由自在（じゆうじざい）、すっからかん、のっぺらぼう、クラスメート...等

　　上述的「清音、濁音、半濁音、拗音」屬於「自立拍」。而「促音、鼻音、長音、～い／～う／～え（~ai/au/oi/ui/ae...等二重母音的第二要素）」則屬於「特殊拍」。「特殊拍」不會出現在字首，且下面即將提到的「重音核」若碰巧落在特殊拍上，則有可能會改變其重音核的位置。

日語的語調類型：

日語的語調不同於英語的強弱重音（強弱アクセント），而是屬於高低重音（高低アクセント）。有平板型、頭高型、中高型、尾高型四種類型：

重音類型		字彙舉例
平板式（無核）	平板型	庭、桜、名前、日本語 ... 等。
起伏式（有核）	頭高型	本、もみじ、天気、来月 ... 等。
	中高型	卵、つつじ、飛行機、先生 ... 等。
	尾高型	靴（が）、菊（が）、休み（が）、弟（が）... 等。

「起伏式」的音調，其由高音轉低音處（也就是高音部分的最後處），稱為「重音核（アクセントの核）」。頭高型的重音核在第一拍、尾高型重音核則在最後一拍、中高型的重音核則是在頭尾之外的任一處。至於「平板式」的詞彙，則沒有重音核。

重音核的標示方式，多以數字「1,2,3,4」來標示其位置，若為「0」，則為平板型（無重音核）。亦可使用「⌐」的方式來表示其重音核。

東京腔（標準話）的語調，有以下現象：

1. 每一個單字的第一拍的音調一定和第二拍的高低不一樣。例如，平板型為「低高〜」、頭高型為「高低〜」。

2. 一但音調下降後，便不會在上升。也就是說，一個單字（非複合語）最多就只會有一個重音核。

綜合上述的規則，我們可以得知下面的字彙，其高低語調應如下表：

重音類型		字彙舉例
平板式	平板型	葉(0)：低 庭(0)：低高 桜(0)：低高高 日本語(0)：低高高高 友達(0)：低高高高
起伏式	頭高型	歯(1)：高 本(1)：高低 もみじ(1)：高低低 天気(1)：高低低 来月(1)：高低低低
	中高型	卵(2)：低高低 つつじ(2)：低高低 飛行機(2)：低高低低 先生(3)：低高高低 鯉のぼり(3)：低高高低低
	尾高型	靴(2)（が）：低高（低） 菊(2)（が）：低高（低） 休み(3)（が）：低高高（低） 弟(4)（が）：低高高高（低）

由於「平板型」的詞彙與「尾高型」的詞彙，光唸單字時並無法區分兩者有何不同，因此「尾高型」的詞彙必須借助後接的助詞，以便與「平板型」作區分。

　　例如：「庭」為平板型，因此若後接助詞「が」，則「庭が」的語調為「低高高」。「靴」為尾高型，因此若後接助詞「が」，則「靴が」的語調為「低高底」。也就是說，平板型與尾高型其發音上的不同，在於後接的助詞。

　　上述以名詞為舉例。日語的其他品詞，如動詞、形容詞、副詞、助詞…等，也都分成「平板式（無核型）」以及「起伏式（有核型）」兩種。在接續各種文末表現時，也會因為其本身的語調形式，以及其附屬語的語調形式，而整體會產生不一樣的高低語調。

重音核的前後移動：

　　由於重音核不會落在促音「っ」、鼻音「ん」、長音、以及「〜い／〜う／〜え（~ai/au/oi/ui/ae... 等二重母音的第二要素）」，因此若碰巧重音核位於此處，往往重音核會往前移一拍。如：

[特殊拍]
　・促音：四角形（しかっけい）　　→　しかっけい
　・鼻音：新聞社（しんぶんしゃ）　→　しんぶんしゃ
　・長音：同窓会（どうそうかい）　→　どうそうかい

[二重母音]
　・〜い：匂い（におい）　　　　　→　におい
　・〜う：違うので（ちがうので）　→　ちがうので
　・〜え：考え（かんがえ）　　　　→　かんがえ

　　除此之外，重音核亦不太容易落在會母音無聲化的拍上面。因此若碰巧重音核位於此處，往往重音核會往後移一拍。如：

[母音無聲化]
　・父（ちち ch[i]chi）　→　ちち
　・来て（きて k[i]te）　→　きて
　・付く（つく ts[u]ku）　→　つく

　　但近年首都圈的年輕族群，即便遇到母音無聲化的拍，亦不會將重音核往後移的人越來越多。關於母音無聲化，可參考本系列叢書『穩紮穩打日本語 五十音』的附錄部分。

　　目前日本語教育界的主流，在教導動詞時，採取從「ます」形開始學習的方式，這也是因為「ます」形的動詞肯定、否定、現在、過去最為簡單。但由於動詞加上

「ます」後，所有的重音核都落在了「ま」上面（附屬語決定型），因此學習者從一開始，就沒有辦法學習到一個動詞真正的重音核在哪裡。日語的語調，必須從動詞原形的語調記起，再依照動詞加上各種助動詞時的語調規則，才可導出正確的語調。

接下來，本書將針對日語的動詞（part 1）、イ形容詞（part 2）、以及名詞（part 3），在後接句型以及附屬語時會是怎樣的語調，分別以表格的方式來呈現。表格中，右上角有 * 號者，表示因文法限制，而不會有這樣的講法。

各品詞活用表：

動詞

		五段 （I類）	上一段 （II類）	下一段 （II類）	カ行変格 （III類）	サ行変格 （III類）
未然形	否定形 意向形 受身形 使役形	行かない 行こう 行かれる 行かせる	起きない 起きよう 起きられる 起きさせる	食べない 食べよう 食べられる 食べさせる	こない こよう こられる こさせる	しない しよう される させる
連用形	連用中止形 ます形 て形 た形	行き 行きます 行って 行った	起き 起きます 起きて 起きた	食べ 食べます 食べて 食べた	き きます きて きた	し します して した
終止形	辞書形	行く	起きる	食べる	くる	する
連体形	名詞修飾形	行く時	起きる時	食べる時	くる時	する時
仮定形	条件形	行けば	起きれば	食べれば	くれば	すれば
命令形	命令形	行け	起きろ	食べろ	こい	しろ

イ形容詞

		暑い	涼しい	いい	ない
未然形	意向形	暑かろう	涼しかろう	よかろう	なかろう
連用形	過去形 否定形 副詞形	暑かった 暑くない 暑くなる	涼しかった 涼しくない 涼しくなる	よかった よくない よくなる	なかった なくない なくなる
終止形	辞書形	暑い	涼しい	いい／よい	ない
連体形	名詞修飾形	暑い時	涼しい時	いい時	ない時
仮定形	条件形	暑ければ	涼しければ	よければ	なければ

名詞だ＆ナ形容詞

		学生だ	学生です	静かだ	静かです
未然形	意向形	学生だろう	学生でしょう	静かだろう	静かでしょう
連用形	過去形 否定形 副詞形	学生だった 学生ではない	学生でした 学生ではありません	静かだった 静かではない 静かに	静かでした 静かではありません
終止形	辞書形	学生だ		静かだ	
連体形	名詞修飾形	学生の		静かな	
仮定形	条件形	学生なら		静かなら	

part 1

動詞的語調

001. 動詞ない形的語調

「平板式」動詞接續「ない」時，整體仍為平板式：

平板式	2拍	I類	買う　：かう 行く　：いく 泣く　：なく	かわない いかない なかない
		II類	居る　：いる 着る　：きる 寝る　：ねる	いない きない ねない
		III類	する　：する	しない
	3拍	I類	笑う　：わらう 歌う　：うたう 終わる：おわる	わらわない うたわない おわらない
		II類	浴びる：あびる 借りる：かりる 入れる：いれる	あびない かりない いれない
	4拍	I類	行う　：おこなう 働く　：はたらく	おこなわない はたらかない
		II類	教える：おしえる 忘れる：わすれる 始める：はじめる	おしえない わすれない はじめない

「起伏式」動詞接續「ない」時，重音核落在動詞最末音節：

起伏式	2拍	I類	会う：あう 書く：かく 読む：よむ	あわない かかない よまない
		II類	見る：みる 出る：でる 得る：える	みない でない えない
		III類	来る：くる	こない
	3拍	I類	歩く：あるく 話す：はなす 休む：やすむ	あるかない はなさない やすまない
			帰る：かえる	かえらない
		II類	起きる：おきる 出来る：できる 降りる：おりる 食べる：たべる	おきない できない おりない たべない
	4拍	I類	手伝う：てつだう 集まる：あつまる 頑張る：がんばる	てつだわない あつまらない がんばらない
		II類	答える：こたえる 　　　　 こたえる 調べる：しらべる 疲れる：つかれる	こたえない しらべない つかれない

PS：亦有重音核落在「な」的唸法，如：「会わない」、「見ない」、「歩かない」、「起きない」、「手伝わない」、「答えない」…等。

002. 動詞なかった的語調

「平板式」動詞接續「なかった」時，重音核落在「な」：

平板式	2拍	I類	買う ：かう 行く ：いく 泣く ：なく	かわなかった いかなかった なかなかった
		II類	居る ：いる 着る ：きる 寝る ：ねる	いなかった きなかった ねなかった
		III類	する ：する	しなかった
	3拍	I類	笑う ：わらう 歌う ：うたう 終わる：おわる	わらわなかった うたわなかった おわらなかった
		II類	浴びる：あびる 借りる：かりる 入れる：いれる	あびなかった かりなかった いれなかった
	4拍	I類	行う ：おこなう 働く ：はたらく	おこなわなかった はたらかなかった
		II類	教える：おしえる 忘れる：わすれる 始める：はじめる	おしえなかった わすれなかった はじめなかった

「起伏式」動詞接續「なかった」時，重音核落在動詞最末音節：

起伏式	2拍	I類	会う：あう 書く：かく 読む：よむ	あわなかった かかなかった よまなかった
		II類	見る：みる 出る：でる 得る：える	みなかった でなかった えなかった
		III類	来る：くる	こなかった
	3拍	I類	歩く：あるく 話す：はなす 休む：やすむ	あるかなかった はなさなかった やすまなかった
			帰る：かえる	かえらなかった
		II類	起きる：おきる 出来る：できる 降りる：おりる 食べる：たべる	おきなかった できなかった おりなかった たべなかった
	4拍	I類	手伝う：てつだう 集まる：あつまる 頑張る：がんばる	てつだわなかった あつまらなかった がんばらなかった
		II類	答える：こたえる 　　　　こたえる 調べる：しらべる 疲れる：つかれる	こたえなかった しらべなかった つかれなかった

003. 動詞なくて的語調

「平板式」動詞接續「なくて」時,重音核落在「な」:

平板式	2拍	I類	買う　：かう 行く　：いく 泣く　：なく	かわなくて いかなくて なかなくて
		II類	居る　：いる 着る　：きる 寝る　：ねる	いなくて きなくて ねなくて
		III類	する　：する	しなくて
	3拍	I類	笑う　：わらう 歌う　：うたう 終わる：おわる	わらわなくて うたわなくて おわらなくて
		II類	浴びる：あびる 借りる：かりる 入れる：いれる	あびなくて かりなくて いれなくて
	4拍	I類	行う　：おこなう 働く　：はたらく	おこなわなくて はたらかなくて
		II類	教える：おしえる 忘れる：わすれる 始める：はじめる	おしえなくて わすれなくて はじめなくて

「起伏式」動詞接續「なくて」時，重音核落在動詞最末音節：

起伏式	2拍	I類	会う：あう 書く：かく 読む：よむ	あわなくて かかなくて よまなくて
		II類	見る：みる 出る：でる 得る：える	みなくて でなくて えなくて
		III類	来る：くる	こなくて
	3拍	I類	歩く：あるく 話す：はなす 休む：やすむ	あるかなくて はなさなくて やすまなくて
			帰る：かえる	かえらなくて
		II類	起きる：おきる 出来る：できる 降りる：おりる 食べる：たべる	おきなくて できなくて おりなくて たべなくて
	4拍	I類	手伝う：てつだう 集まる：あつまる 頑張る：がんばる	てつだわなくて あつまらなくて がんばらなくて
		II類	答える：こたえる 　　　　こたえる 調べる：しらべる 疲れる：つかれる	こたえなくて しらべなくて つかれなくて

004. 動詞ないで的語調

「平板式」動詞接續「ないで」時，重音核落在「な」：

平板式	2拍	I類	買う：かう 行く：いく 泣く：なく	かわないで いかないで なかないで
		II類	居る：いる 着る：きる 寝る：ねる	いないで きないで ねないで
		III類	する：する	しないで
	3拍	I類	笑う：わらう 歌う：うたう 終わる：おわる	わらわないで うたわないで おわらないで
		II類	浴びる：あびる 借りる：かりる 入れる：いれる	あびないで かりないで いれないで
	4拍	I類	行う：おこなう 働く：はたらく	おこなわないで はたらかないで
		II類	教える：おしえる 忘れる：わすれる 始める：はじめる	おしえないで わすれないで はじめないで

「起伏式」動詞接續「ないで」時，重音核落在動詞最末音節：

起伏式	2拍	I類	会う：あう 書く：かく 読む：よむ	あわないで かかないで よまないで
		II類	見る：みる 出る：でる 得る：える	みないで でないで えないで
		III類	来る：くる	こないで
	3拍	I類	歩く：あるく 話す：はなす 休む：やすむ	あるかないで はなさないで やすまないで
			帰る：かえる	かえらないで
		II類	起きる：おきる 出来る：できる 降りる：おりる 食べる：たべる	おきないで できないで おりないで たべないで
	4拍	I類	手伝う：てつだう 集まる：あつまる 頑張る：がんばる	てつだわないで あつまらないで がんばらないで
		II類	答える：こたえる 　　　　こたえる 調べる：しらべる 疲れる：つかれる	こたえないで しらべないで つかれないで

005. 動詞なければ的語調

「平板式」動詞接續「なければ」時，重音核落在「な」：

平板式	2拍	I類	買う　：かう 行く　：いく 泣く　：なく	かわなければ いかなければ なかなければ
		II類	居る　：いる 着る　：きる 寝る　：ねる	いなければ きなければ ねなければ
		III類	する　：する	しなければ
	3拍	I類	笑う　：わらう 歌う　：うたう 終わる：おわる	わらわなければ うたわなければ おわらなければ
		II類	浴びる：あびる 借りる：かりる 入れる：いれる	あびなければ かりなければ いれなければ
	4拍	I類	行う　：おこなう 働く　：はたらく	おこなわなければ はたらかなければ
		II類	教える：おしえる 忘れる：わすれる 始める：はじめる	おしえなければ わすれなければ はじめなければ

「起伏式」動詞接續「なければ」時，重音核落在動詞最末音節：

起伏式	2拍	I類	会う：あう 書く：かく 読む：よむ	あわなければ かかなければ よまなければ
		II類	見る：みる 出る：でる 得る：える	みなければ でなければ えなければ
		III類	来る：くる	こなければ
	3拍	I類	歩く：あるく 話す：はなす 休む：やすむ	あるかなければ はなさなければ やすまなければ
			帰る：かえる	かえらなければ
		II類	起きる：おきる 出来る：できる 降りる：おりる 食べる：たべる	おきなければ できなければ おりなければ たべなければ
	4拍	I類	手伝う：てつだう 集まる：あつまる 頑張る：がんばる	てつだわなければ あつまらなければ がんばらなければ
		II類	答える：こたえる 　　　　こたえる 調べる：しらべる 疲れる：つかれる	こたえなければ しらべなければ つかれなければ

006. 動詞ます形與ました的語調

「平板式」動詞接續「ます」、「ました」時,重音核落在「ま」:

平板式	2拍	I類	買う ：かう 行く ：いく 泣く ：なく	かいます いきます なきます
		II類	居る ：いる 着る ：きる 寝る ：ねる	います きます ねます
		III類	する ：する	します
	3拍	I類	笑う ：わらう 歌う ：うたう 終わる：おわる	わらいます うたいます おわります
		II類	浴びる：あびる 借りる：かりる 入れる：いれる	あびます かります いれます
	4拍	I類	行う ：おこなう 働く ：はたらく	おこないます はたらきます
		II類	教える：おしえる 忘れる：わすれる 始める：はじめる	おしえます わすれます はじめます

「起伏式」動詞接續「ます」、「ました」時，重音核落在「ま」：

起伏式	2拍	I類	会う：あう 書く：かく 読む：よむ	あいます かきます よみます
		II類	見る：みる 出る：でる 得る：える	みます でます えます
		III類	来る：くる	きます
	3拍	I類	歩く：あるく 話す：はなす 休む：やすむ	あるきます はなします やすみます
			帰る：かえる	かえります
		II類	起きる：おきる 出来る：できる 降りる：おりる 食べる：たべる	おきます できます おります たべます
	4拍	I類	手伝う：てつだう 集まる：あつまる 頑張る：がんばる	てつだいます あつまります がんばります
		II類	答える：こたえる 　　　　こたえる 調べる：しらべる 疲れる：つかれる	こたえます しらべます つかれます

007. 動詞ません與ませんでした的語調

「平板式」動詞接續「ません（でした）」時，重音核落在「せ」：

平板式	2拍	I類	買う　：かう 行く　：いく 泣く　：なく	かいません いきません なきません
		II類	居る　：いる 着る　：きる 寝る　：ねる	いません きません ねません
		III類	する　：する	しません
	3拍	I類	笑う　：わらう 歌う　：うたう 終わる：おわる	わらいません うたいません おわりません
		II類	浴びる：あびる 借りる：かりる 入れる：いれる	あびません かりません いれません
	4拍	I類	行う　：おこなう 働く　：はたらく	おこないません はたらきません
		II類	教える：おしえる 忘れる：わすれる 始める：はじめる	おしえません わすれません はじめません

「起伏式」動詞接續「ません（でした）」時，重音核落在「せ」：

起伏式	2拍	I類	会う：あう 書く：かく 読む：よむ	あいません かきません よみません
		II類	見る：みる 出る：でる 得る：える	みません でません えません
		III類	来る：くる	きません
	3拍	I類	歩く：あるく 話す：はなす 休む：やすむ	あるきません はなしません やすみません
			帰る：かえる	かえりません
		II類	起きる：おきる 出来る：できる 降りる：おりる 食べる：たべる	おきません できません おりません たべません
	4拍	I類	手伝う：てつだう 集まる：あつまる 頑張る：がんばる	てつだいません あつまりません がんばりません
		II類	答える：こたえる 　　　　　こたえる 調べる：しらべる 疲れる：つかれる	こたえません しらべません つかれません

008. 動詞ましょう的語調

「平板式」動詞接續「ましょう」時，重音核落在「しょ」：

平板式	2拍	I類	買う：かう 行く：いく 泣く：なく	かいましょう いきましょう なきましょう
		II類	居る：いる 着る：きる 寝る：ねる	いましょう きましょう ねましょう
		III類	する：する	しましょう
	3拍	I類	笑う：わらう 歌う：うたう 終わる：おわる	わらいましょう うたいましょう おわりましょう
		II類	浴びる：あびる 借りる：かりる 入れる：いれる	あびましょう かりましょう いれましょう
	4拍	I類	行う：おこなう 働く：はたらく	おこないましょう はたらきましょう
		II類	教える：おしえる 忘れる：わすれる 始める：はじめる	おしえましょう わすれましょう はじめましょう

「起伏式」動詞接續「ましょう」時，重音核落在「しょ」：

起伏式	2拍	I類	会う：あう 書く：かく 読む：よむ	あいましょう かきましょう よみましょう
		II類	見る：みる 出る：でる 得る：える	みましょう でましょう えましょう
		III類	来る：くる	きましょう
	3拍	I類	歩く：あるく 話す：はなす 休む：やすむ	あるきましょう はなしましょう やすみましょう
			帰る：かえる	かえりましょう
		II類	起きる：おきる 出来る：できる 降りる：おりる 食べる：たべる	おきましょう できましょう おりましょう たべましょう
	4拍	I類	手伝う：てつだう 集まる：あつまる 頑張る：がんばる	てつだいましょう あつまりましょう がんばりましょう
		II類	答える：こたえる 　　　　こたえる 調べる：しらべる 疲れる：つかれる	こたえましょう しらべましょう つかれましょう

009. 動詞て形的語調

「平板式」動詞接續「て」時,整體仍為平板式:

平板式	2拍	I類	買う ：かう 行く ：いく 泣く ：なく	かって いって ないで
		II類	居る ：いる 着る ：きる 寝る ：ねる	いて きて ねて
		III類	する ：する	して
	3拍	I類	笑う ：わらう 歌う ：うたう 終わる：おわる	わらって うたって おわって
		II類	浴びる：あびる 借りる：かりる 入れる：いれる	あびて かりて いれて
	4拍	I類	行う ：おこなう 働く ：はたらく	おこなって はたらいて
		II類	教える：おしえる 忘れる：わすれる 始める：はじめる	おしえて わすれて はじめて

「起伏式」動詞接續「て」時，重音核落在倒數第三音節：

起伏式	2拍	I類	会う：あう 書く：かく 読む：よむ	あって かいて よんで
		II類	見る：みる 出る：でる 得る：える	みて でて えて
		III類	来る：くる	きて；きて
	3拍	I類	歩く：あるく 話す：はなす 休む：やすむ	あるいて はなして やすんで
			帰る：かえる	かえって
		II類	起きる：おきる 出来る：できる 降りる：おりる 食べる：たべる	おきて できて おりて たべて
	4拍	I類	手伝う：てつだう 集まる：あつまる 頑張る：がんばる	てつだって あつまって がんばって
		II類	答える：こたえる 　　　　　こたえる 調べる：しらべる 疲れる：つかれる	こたえて しらべて つかれて

PS：若像是「見て」「出て」這種只有兩個音節時，則重音核落在倒數第二音節。

PS：「帰る」這類的頭高型的三拍I類動詞，全體之重音核落在第一音節。

PS：「きて」的「き」受到母音無聲化的影響，重音核會往後移一個音節。

010. 動詞た形的語調

「平板式」動詞接續「た」時，整體仍為平板式：

平板式	2拍	I類	買う　：かう 行く　：いく 泣く　：なく	かった いった ないだ
		II類	居る　：いる 着る　：きる 寝る　：ねる	いた きた ねた
		III類	する　：する	した
	3拍	I類	笑う　：わらう 歌う　：うたう 終わる：おわる	わらった うたった おわった
		II類	浴びる：あびる 借りる：かりる 入れる：いれる	あびた かりた いれた
	4拍	I類	行う　：おこなう 働く　：はたらく	おこなった はたらいた
		II類	教える：おしえる 忘れる：わすれる 始める：はじめる	おしえた わすれた はじめた

「起伏式」動詞接續「た」時，重音核落在倒數第三音節：

起伏式	2拍	I類	会う：あう 書く：かく 読む：よむ	あった かいた よんだ
		II類	見る：みる 出る：でる 得る：える	みた でた えた
		III類	来る：くる	きた；きた
	3拍	I類	歩く：あるく 話す：はなす 休む：やすむ	あるいた はなした やすんだ
			帰る：かえる	かえった
		II類	起きる：おきる 出来る：できる 降りる：おりる 食べる：たべる	おきた できた おりた たべた
	4拍	I類	手伝う：てつだう 集まる：あつまる 頑張る：がんばる	てつだった あつまった がんばった
		II類	答える：こたえる 　　　　　こたえる 調べる：しらべる 疲れる：つかれる	こたえた しらべた つかれた

PS：若像是「見た」「出た」這種只有兩個音節時，則重音核落在倒數第二音節。
PS：「帰る」這類的頭高型的三拍I類動詞，全體之重音核落在第一音節。
PS：「きた」的「き」受到母音無聲化的影響，重音核會往後移一個音節。

011. 動詞ても的語調

「平板式」動詞接續「ても」時，重音核落在「て」：

平板式	2拍	I類	買う ：かう 行く ：いく 泣く ：なく	かっても いっても ないでも
		II類	居る ：いる 着る ：きる 寝る ：ねる	いても きても ねても
		III類	する ：する	しても
	3拍	I類	笑う ：わらう 歌う ：うたう 終わる：おわる	わらっても うたっても おわっても
		II類	浴びる：あびる 借りる：かりる 入れる：いれる	あびても かりても いれても
	4拍	I類	行う ：おこなう 働く ：はたらく	おこなっても はたらいても
		II類	教える：おしえる 忘れる：わすれる 始める：はじめる	おしえても わすれても はじめても

「起伏式」動詞接續「ても」時，重音核落在倒數第四音節：

起伏式	2拍	I類	会う：あう 書く：かく 読む：よむ	あっても かいても よんでも
		II類	見る：みる 出る：でる 得る：える	みても でても えても
		III類	来る：くる	きても；きても
	3拍	I類	歩く：あるく 話す：はなす 休む：やすむ	あるいても はなしても やすんでも
			帰る：かえる	かえっても
		II類	起きる：おきる 出来る：できる 降りる：おりる 食べる：たべる	おきても できても おりても たべても
	4拍	I類	手伝う：てつだう 集まる：あつまる 頑張る：がんばる	てつだっても あつまっても がんばっても
		II類	答える：こたえる 　　　　こたえる 調べる：しらべる 疲れる：つかれる	こたえても しらべても つかれても

PS：若像是「見ても」「出ても」這種只有三個音節時，則重音核落在倒數第三音節。
PS：「帰る」這類的頭高型的三拍I類動詞，全體之重音核落在第一音節。

012. 動詞ては的語調

「平板式」動詞接續「ては」時，重音核落在「て」：

平板式	2拍	I類	買う ：かう 行く ：いく 泣く ：なく	かっては いっては ないでは
		II類	居る ：いる 着る ：きる 寝る ：ねる	いては きては ねては
		III類	する ：する	しては
	3拍	I類	笑う ：わらう 歌う ：うたう 終わる：おわる	わらっては うたっては おわっては
		II類	浴びる：あびる 借りる：かりる 入れる：いれる	あびては かりては いれては
	4拍	I類	行う ：おこなう 働く ：はたらく	おこなっては はたらいては
		II類	教える：おしえる 忘れる：わすれる 始める：はじめる	おしえては わすれては はじめては

「起伏式」動詞接續「ては」時，重音核落在倒數第四音節：

起伏式	2拍	I類	会う：あう 書く：かく 読む：よむ	あっては かいては よんでは
		II類	見る：みる 出る：でる 得る：える	みては でては えては
		III類	来る：くる	きては；きては
	3拍	I類	歩く：あるく 話す：はなす 休む：やすむ	あるいては はなしては やすんでは
			帰る：かえる	かえっては
		II類	起きる：おきる 出来る：できる 降りる：おりる 食べる：たべる	おきては できては おりては たべては
	4拍	I類	手伝う：てつだう 集まる：あつまる 頑張る：がんばる	てつだっては あつまっては がんばっては
		II類	答える：こたえる 　　　　こたえる 調べる：しらべる 疲れる：つかれる	こたえては しらべては つかれては

PS：若像是「見ては」「出ては」這種只有三個音節時，則重音核落在倒數第三音節。

PS：「帰る」這類的頭高型的三拍I類動詞，全體之重音核落在第一音節。

013. 動詞たら的語調

「平板式」動詞接續「たら」時，重音核落在「た」：

平板式	2拍	I類	買う ：かう 行く ：いく 泣く ：なく	かったら いったら ないだら
		II類	居る ：いる 着る ：きる 寝る ：ねる	いたら きたら ねたら
		III類	する ：する	したら
	3拍	I類	笑う ：わらう 歌う ：うたう 終わる：おわる	わらったら うたったら おわったら
		II類	浴びる：あびる 借りる：かりる 入れる：いれる	あびたら かりたら いれたら
	4拍	I類	行う ：おこなう 働く ：はたらく	おこなったら はたらいたら
		II類	教える：おしえる 忘れる：わすれる 始める：はじめる	おしえたら わすれたら はじめたら

「起伏式」動詞接續「たら」時，重音核落在倒數第四音節：

起伏式	2拍	I類	会う：あう 書く：かく 読む：よむ	あったら かいたら よんだら
		II類	見る：みる 出る：でる 得る：える	みたら でたら えたら
		III類	来る：くる	きたら；きたら
	3拍	I類	歩く：あるく 話す：はなす 休む：やすむ	あるいたら はなしたら やすんだら
			帰る：かえる	かえったら
		II類	起きる：おきる 出来る：できる 降りる：おりる 食べる：たべる	おきたら できたら おりたら たべたら
	4拍	I類	手伝う：てつだう 集まる：あつまる 頑張る：がんばる	てつだったら あつまったら がんばったら
		II類	答える：こたえる 　　　　こたえる 調べる：しらべる 疲れる：つかれる	こたえたら しらべたら つかれたら

PS：若像是「見たら」「出たら」這種只有三個音節時，則重音核落在倒數第三音節。

PS：「帰る」這類的頭高型的三拍I類動詞，全體之重音核落在第一音節。

014. 動詞たり的語調

「平板式」動詞接續「たり」時，重音核落在「た」：

平板式	2拍	I類	買う　：かう 行く　：いく 泣く　：なく	かったり いったり ないだり
		II類	居る　：いる 着る　：きる 寝る　：ねる	いたり きたり ねたり
		III類	する　：する	したり
	3拍	I類	笑う　：わらう 歌う　：うたう 終わる：おわる	わらったり うたったり おわったり
		II類	浴びる：あびる 借りる：かりる 入れる：いれる	あびたり かりたり いれたり
	4拍	I類	行う　：おこなう 働く　：はたらく	おこなったり はたらいたり
		II類	教える：おしえる 忘れる：わすれる 始める：はじめる	おしえたり わすれたり はじめたり

「起伏式」動詞接續「たり」時，重音核落在倒數第四音節：

起伏式	2拍	I類	会う：あう 書く：かく 読む：よむ	あったり かいたり よんだり
		II類	見る：みる 出る：でる 得る：える	みたり でたり えたり
		III類	来る：くる	きたり；きたり
	3拍	I類	歩く：あるく 話す：はなす 休む：やすむ	あるいたり はなしたり やすんだり
			帰る：かえる	かえったり
		II類	起きる：おきる 出来る：できる 降りる：おりる 食べる：たべる	おきたり できたり おりたり たべたり
	4拍	I類	手伝う：てつだう 集まる：あつまる 頑張る：がんばる	てつだったり あつまったり がんばったり
		II類	答える：こたえる 　　　　こたえる 調べる：しらべる 疲れる：つかれる	こたえたり しらべたり つかれたり

PS：若像是「見たり」「出たり」這種只有三個音節時，則重音核落在倒數第三音節。

PS：「帰る」這類的頭高型的三拍I類動詞，全體之重音核落在第一音節。

015. 動詞なら形的語調

「平板式」動詞接續「なら」時，重音核落在動詞最末音節：

平板式	2拍	I類	買う　：かう 行く　：いく 泣く　：なく	かうなら いくなら なくなら
		II類	居る　：いる 着る　：きる 寝る　：ねる	いるなら きるなら ねるなら
		III類	する　：する	するなら
	3拍	I類	笑う　：わらう 歌う　：うたう 終わる：おわる	わらうなら うたうなら おわるなら
		II類	浴びる：あびる 借りる：かりる 入れる：いれる	あびるなら かりるなら いれるなら
	4拍	I類	行う　：おこなう 働く　：はたらく	おこなうなら はたらくなら
		II類	教える：おしえる 忘れる：わすれる 始める：はじめる	おしえるなら わすれるなら はじめるなら

PS：若動詞為平板式，接續「〜ないなら」時重音核落在第一個「な」：如：「買わない→買わないなら」。接續「〜たなら」時重音核落在動詞最末音節「買った→買ったなら」。

「起伏式」動詞接續「なら」時，重音核在原本動詞的位置不變：

起伏式	2拍	I類	会う：あう 書く：かく 読む：よむ	あうなら かくなら よむなら
		II類	見る：みる 出る：でる 得る：える	みるなら でるなら えるなら
		III類	来る：くる	くるなら
	3拍	I類	歩く：あるく 話す：はなす 休む：やすむ	あるくなら はなすなら やすむなら
			帰る：かえる	かえるなら
		II類	起きる：おきる 出来る：できる 降りる：おりる 食べる：たべる	おきるなら できるなら おりるなら たべるなら
	4拍	I類	手伝う：てつだう 集まる：あつまる 頑張る：がんばる	てつだうなら あつまるなら がんばるなら
		II類	答える：こたえる 　　　　こたえる 調べる：しらべる 疲れる：つかれる	こたえるなら こたえるなら しらべるなら つかれるなら

PS：若動詞為起伏式，接續「～ないなら」或「～たなら」時，重音核位置不變：如「会わない→会わないなら」。「会った→会ったなら」。

016. 動詞條件形ば的語調

「平板式」動詞接續「ば」時，重音核落在倒數第二音節：

平板式	2拍	I類	買う　：かう 行く　：いく 泣く　：なく	かえば いけば なけば
		II類	居る　：いる 着る　：きる 寝る　：ねる	いれば きれば ねれば
		III類	する　：する	すれば
	3拍	I類	笑う　：わらう 歌う　：うたう 終わる：おわる	わらえば うたえば おわれば
		II類	浴びる：あびる 借りる：かりる 入れる：いれる	あびれば かりれば いれれば
	4拍	I類	行う　：おこなう 働く　：はたらく	おこなえば はたらけば
		II類	教える：おしえる 忘れる：わすれる 始める：はじめる	おしえれば わすれれば はじめれば

「起伏式」動詞接續「ば」時，重音核在原本動詞的位置不變：

起伏式	2拍	I類	会う：あう 書く：かく 読む：よむ	あえば かけば よめば
		II類	見る：みる 出る：でる 得る：える	みれば でれば えれば
		III類	来る：くる	くれば
	3拍	I類	歩く：あるく 話す：はなす 休む：やすむ	あるけば はなせば やすめば
			帰る：かえる	かえれば
		II類	起きる：おきる 出来る：できる 降りる：おりる 食べる：たべる	おきれば できれば おりれば たべれば
	4拍	I類	手伝う：てつだう 集まる：あつまる 頑張る：がんばる	てつだえば あつまれば がんばれば
		II類	答える：こたえる 　　　　こたえる 調べる：しらべる 疲れる：つかれる	こたえれば こたえれば しらべれば つかれれば

017. 動詞意向形（よ）う的語調

「平板式」動詞接續「（よ）う」時，重音核落在倒數第二音節：

平板式	2拍	I類	買う ：かう 行く ：いく 泣く ：なく	かおう いこう なこう
		II類	居る ：いる 着る ：きる 寝る ：ねる	いよう きよう ねよう
		III類	する ：する	しよう
	3拍	I類	笑う ：わらう 歌う ：うたう 終わる：おわる	わらおう うたおう おわろう
		II類	浴びる：あびる 借りる：かりる 入れる：いれる	あびよう かりよう いれよう
	4拍	I類	行う ：おこなう 働く ：はたらく	おこなおう はたらこう
		II類	教える：おしえる 忘れる：わすれる 始める：はじめる	おしえよう わすれよう はじめよう

「起伏式」動詞接續「（よ）う」時，重音核落在倒數第二音節：

起伏式	2拍	I類	会う：あう 書く：かく 読む：よむ	あおう かこう よもう
		II類	見る：みる 出る：でる 得る：える	みよう でよう えよう
		III類	来る：くる	こよう
	3拍	I類	歩く：あるく 話す：はなす 休む：やすむ	あるこう はなそう やすもう
			帰る：かえる	かえろう
		II類	起きる：おきる 出来る：できる 降りる：おりる 食べる：たべる	おきよう できよう おりよう たべよう
	4拍	I類	手伝う：てつだう 集まる：あつまる 頑張る：がんばる	てつだおう あつまろう がんばろう
		II類	答える：こたえる 　　　　こたえる 調べる：しらべる 疲れる：つかれる	こたえよう しらべよう つかれよう *

018. 動詞受身形（ら）れる的語調

「平板式」動詞接續「（ら）れる」時，整體仍為平板式：

平板式	2拍	I類	買う　：かう 行く　：いく 泣く　：なく	かわれる いかれる なかれる
		II類	居る　：いる 着る　：きる 寝る　：ねる	いられる きられる ねられる
		III類	する　：する	される
	3拍	I類	笑う　：わらう 歌う　：うたう 終わる：おわる	わらわれる うたわれる おわられる
		II類	浴びる：あびる 借りる：かりる 入れる：いれる	あびられる かりられる いれられる
	4拍	I類	行う　：おこなう 働く　：はたらく	おこなわれる はたらかれる
		II類	教える：おしえる 忘れる：わすれる 始める：はじめる	おしえられる わすれられる はじめられる

「起伏式」動詞接續「（ら）れる」時，重音核落在「れ」：

起伏式	2拍	I類	会う：あう 書く：かく 読む：よむ	あわれる かかれる よまれる
		II類	見る：みる 出る：でる 得る：える	みられる でられる えられる
		III類	来る：くる	こられる
	3拍	I類	歩く：あるく 話す：はなす 休む：やすむ 帰る：かえる	あるかれる はなされる やすまれる かえられる
		II類	起きる：おきる 出来る：できる 降りる：おりる 食べる：たべる	おきられる できられる * おりられる たべられる
	4拍	I類	手伝う：てつだう 集まる：あつまる 頑張る：がんばる	てつだわれる あつまられる がんばられる
		II類	答える：こたえる 　　　　こたえる 調べる：しらべる 疲れる：つかれる	こたえられる しらべられる つかれられる *

019. 動詞使役形（さ）せる的語調

「平板式」動詞接續「（さ）せる」時，整體仍為平板式：

平板式	2拍	I類	買う ：かう 行く ：いく 泣く ：なく	かわせる いかせる なかせる
		II類	居る ：いる 着る ：きる 寝る ：ねる	いさせる きさせる ねさせる
		III類	する ：する	させる
	3拍	I類	笑う ：わらう 歌う ：うたう 終わる：おわる	わらわせる うたわせる おわらせる
		II類	浴びる：あびる 借りる：かりる 入れる：いれる	あびさせる かりさせる いれさせる
	4拍	I類	行う ：おこなう 働く ：はたらく	おこなわせる はたらかせる
		II類	教える：おしえる 忘れる：わすれる 始める：はじめる	おしえさせる わすれさせる はじめさせる

「起伏式」動詞接續「（さ）せる」時，重音核落在「せ」：

起伏式	2拍	I類	会う：あう 書く：かく 読む：よむ	あわせる かかせる よませる
		II類	見る：みる 出る：でる 得る：える	みさせる でさせる えさせる
		III類	来る：くる	こさせる
	3拍	I類	歩く：あるく 話す：はなす 休む：やすむ	あるかせる はなさせる やすませる
			帰る：かえる	かえらせる
		II類	起きる：おきる 出来る：できる 降りる：おりる 食べる：たべる	おきさせる できさせる * おりさせる たべさせる
	4拍	I類	手伝う：てつだう 集まる：あつまる 頑張る：がんばる	てつだわせる あつまらせる がんばらせる
		II類	答える：こたえる 　　　　こたえる 調べる：しらべる 疲れる：つかれる	こたえさせる しらべさせる つかれさせる

020. 動詞可能形的語調

「平板式」動詞改為可能形時，整體仍為平板式：

平板式	2拍	I類	買う ：かう 行く ：いく 泣く ：なく	かえる いける なける
		II類	居る ：いる 着る ：きる 寝る ：ねる	いられる きられる ねられる
		III類	する ：する	できる
	3拍	I類	笑う ：わらう 歌う ：うたう 終わる：おわる	わらえる うたえる おわれる
		II類	浴びる：あびる 借りる：かりる 入れる：いれる	あびられる かりられる いれられる
	4拍	I類	行う ：おこなう 働く ：はたらく	おこなえる はたらける
		II類	教える：おしえる 忘れる：わすれる 始める：はじめる	おしえられる わすれられる はじめられる

PS：「できる」按照其動詞本身起伏式的唸法。

「起伏式」動詞改為可能形時，重音核落在倒數第二音節：

起伏式	2拍	I類	会う：あう 書く：かく 読む：よむ	あえる かける よめる
		II類	見る：みる 出る：でる 得る：える	みられる でられる えられる
		III類	来る：くる	こられる
	3拍	I類	歩く：あるく 話す：はなす 休む：やすむ	あるける はなせる やすめる
			帰る：かえる	かえれる
		II類	起きる：おきる 出来る：できる 降りる：おりる 食べる：たべる	おきられる 無 おりられる たべられる
	4拍	I類	手伝う：てつだう 集まる：あつまる 頑張る：がんばる	てつだえる あつまれる がんばれる
		II類	答える：こたえる 　　　　　こたえる 調べる：しらべる 疲れる：つかれる	こたえられる 　 しらべられる つかれられる *

021. 動詞命令形的語調

「平板式」動詞改為命令形時，整體仍為平板式：

平板式	2拍	I類	買う　：かう 行く　：いく 泣く　：なく	かえ いけ なけ
		II類	居る　：いる 着る　：きる 寝る　：ねる	いろ きろ ねろ
		III類	する　：する	しろ；せよ
	3拍	I類	笑う　：わらう 歌う　：うたう 終わる：おわる	わらえ うたえ おわれ
		II類	浴びる：あびる 借りる：かりる 入れる：いれる	あびろ かりろ いれろ
	4拍	I類	行う　：おこなう 働く　：はたらく	おこなえ はたらけ
		II類	教える：おしえる 忘れる：わすれる 始める：はじめる	おしえろ わすれろ はじめろ

「起伏式」動詞改為命令形時，重音核在原本動詞的位置不變：

起伏式	2拍	I類	会う：あう 書く：かく 読む：よむ	あえ かけ よめ
		II類	見る：みる 出る：でる 得る：える	みろ でろ えろ
		III類	来る：くる	こい
	3拍	I類	歩く：あるく 話す：はなす 休む：やすむ	あるけ はなせ やすめ
			帰る：かえる	かえれ
		II類	起きる：おきる 出来る：できる 降りる：おりる 食べる：たべる	おきろ できろ * おりろ たべろ
	4拍	I類	手伝う：てつだう 集まる：あつまる 頑張る：がんばる	てつだえ あつまれ がんばれ
		II類	答える：こたえる 　　　　こたえる 調べる：しらべる 疲れる：つかれる	こたえろ こたえろ しらべろ つかれろ *

022. 動詞禁止形な的語調

「平板式」動詞接續「な」時，重音核落在動詞最末音節：

平板式	2拍	I類	買う ：かう 行く ：いく 泣く ：なく	かうな いくな なくな
		II類	居る ：いる 着る ：きる 寝る ：ねる	いるな きるな ねるな
		III類	する ：する	するな
	3拍	I類	笑う ：わらう 歌う ：うたう 終わる：おわる	わらうな うたうな おわるな
		II類	浴びる：あびる 借りる：かりる 入れる：いれる	あびるな かりるな いれるな
	4拍	I類	行う ：おこなう 働く ：はたらく	おこなうな はたらくな
		II類	教える：おしえる 忘れる：わすれる 始める：はじめる	おしえるな わすれるな はじめるな

「起伏式」動詞接續「な」時，重音核在原本動詞的位置不變：

起伏式	2拍	I類	会う：あう 書く：かく 読む：よむ	あうな かくな よむな
		II類	見る：みる 出る：でる 得る：える	みるな でるな えるな
		III類	来る：くる	くるな
	3拍	I類	歩く：あるく 話す：はなす 休む：やすむ	あるくな はなすな やすむな
			帰る：かえる	かえるな
		II類	起きる：おきる 出来る：できる 降りる：おりる 食べる：たべる	おきるな できるな * おりるな たべるな
	4拍	I類	手伝う：てつだう 集まる：あつまる 頑張る：がんばる	てつだうな あつまるな がんばるな
		II類	答える：こたえる 　　　　こたえる 調べる：しらべる 疲れる：つかれる	こたえるな こたえるな しらべるな つかれるな *

023. 動詞連用中止形的語調

「平板式」動詞其連用中止形的語調，整體仍為平板式：

平板式	2拍	I類	買う　：かう 行く　：いく 泣く　：なく	かい いき なき
		II類	居る　：いる 着る　：きる 寝る　：ねる	い き ね
		III類	する　：する	し
	3拍	I類	笑う　：わらう 歌う　：うたう 終わる：おわる	わらい うたい おわり
		II類	浴びる：あびる 借りる：かりる 入れる：いれる	あび かり いれ
	4拍	I類	行う　：おこなう 働く　：はたらく	おこない はたらき
		II類	教える：おしえる 忘れる：わすれる 始める：はじめる	おしえ わすれ はじめ

「起伏式」動詞其連用中止形的語調，重音核落在倒數第二音節：

起伏式	2拍	I類	会う：あう 書く：かく 読む：よむ	あい かき よみ
		II類	見る：みる 出る：でる 得る：える	み で え
		III類	来る：くる	き
	3拍	I類	歩く：あるく 話す：はなす 休む：やすむ	あるき はなし やすみ
			帰る：かえる	かえり
		II類	起きる：おきる 出来る：できる 降りる：おりる 食べる：たべる	おき でき おり たべ
	4拍	I類	手伝う：てつだう 集まる：あつまる 頑張る：がんばる	てつだい あつまり がんばり
		II類	答える：こたえる 　　　　こたえる 調べる：しらべる 疲れる：つかれる	こたえ 　 しらべ つかれ

PS：若像是「見」「出」這種只有兩個音節時，則重音核落在倒數第一音節。
PS：「帰る」這類的頭高型的三拍I類動詞，全體之重音核落在第一音節。

024. 動詞使役受身形的語調

「平板式」動詞改為使役受身形時,整體仍為平板式:

平板式	2拍	I類	買う ：かう 行く ：いく 泣く ：なく	かわされる いかされる なかされる
		II類	居る ：いる 着る ：きる 寝る ：ねる	いさせられる きさせられる ねさせられる
		III類	する ：する	させられる
	3拍	I類	笑う ：わらう 歌う ：うたう 終わる：おわる	わらわされる うたわされる おわらされる
		II類	浴びる：あびる 借りる：かりる 入れる：いれる	あびさせられる かりさせられる いれさせられる
	4拍	I類	行う ：おこなう 働く ：はたらく	おこなわされる はたらかされる
		II類	教える：おしえる 忘れる：わすれる 始める：はじめる	おしえさせられる わすれさせられる はじめさせられる

「起伏式」動詞改為使役受身形時，重音核落在「れ」：

起伏式	2拍	I類	会う：あう 書く：かく 読む：よむ	あわされる かかされる よまされる
		II類	見る：みる 出る：でる 得る：える	みさせられる でさせられる えさせられる
		III類	来る：くる	こさせられる
	3拍	I類	歩く：あるく 話す：はなす 休む：やすむ	あるかされる はなさせされる やすまされる
			帰る：かえる	かえらされる
		II類	起きる：おきる 出来る：できる 降りる：おりる 食べる：たべる	おきさせられる できさせられる＊ おりさせられる たべさせられる
	4拍	I類	手伝う：てつだう 集まる：あつまる 頑張る：がんばる	てつだわされる あつまらされる がんばらされる
		II類	答える：こたえる 　　　　　こたえる 調べる：しらべる 疲れる：つかれる	こたえさせられる しらべさせられる つかれさせられる

025. 動詞連用形たい的語調

「平板式」動詞接續「たい」時，整體仍為平板式：

平板式	2拍	I類	買う　：かう 行く　：いく 泣く　：なく	かいたい いきたい なきたい
		II類	居る　：いる 着る　：きる 寝る　：ねる	いたい きたい ねたい
		III類	する　：する	したい
	3拍	I類	笑う　：わらう 歌う　：うたう 終わる：おわる	わらいたい うたいたい おわりたい
		II類	浴びる：あびる 借りる：かりる 入れる：いれる	あびたい かりたい いれたい
	4拍	I類	行う　：おこなう 働く　：はたらく	おこないたい はたらきたい
		II類	教える：おしえる 忘れる：わすれる 始める：はじめる	おしえたい わすれたい はじめたい

PS：上述平板式動詞接續「たい」時，亦可念成起伏式，重音核落在「た」。如：「買いたい」、「いたい」…等。

「起伏式」動詞接續「たい」時，重音核落在「た」：

起伏式	2拍	I類	会う：あう 書く：かく 読む：よむ	あいたい かきたい よみたい
		II類	見る：みる 出る：でる 得る：える	みたい でたい えたい
		III類	来る：くる	きたい
	3拍	I類	歩く：あるく 話す：はなす 休む：やすむ	あるきたい はなしたい やすみたい
			帰る：かえる	かえりたい
		II類	起きる：おきる 出来る：できる 降りる：おりる 食べる：たべる	おきたい できたい＊ おりたい たべたい
	4拍	I類	手伝う：てつだう 集まる：あつまる 頑張る：がんばる	てつだいたい あつまりたい がんばりたい
		II類	答える：こたえる 　　　　　こたえる 調べる：しらべる 疲れる：つかれる	こたえたい しらべたい つかれたい＊

026. 動詞連用形たかった／たくて／たければ的語調

「平板式」動詞接續「たかった」時，重音核落在「た」：

平板式	2拍	I類	買う　：かう 行く　：いく 泣く　：なく	かいたかった いきたかった なきたかった
		II類	居る　：いる 着る　：きる 寝る　：ねる	いたかった きたかった ねたかった
		III類	する　：する	したかった
	3拍	I類	笑う　：わらう 歌う　：うたう 終わる：おわる	わらいたかった うたいたかった おわりたかった
		II類	浴びる：あびる 借りる：かりる 入れる：いれる	あびたかった かりたかった いれたかった
	4拍	I類	行う　：おこなう 働く　：はたらく	おこないたかった はたらきたかった
		II類	教える：おしえる 忘れる：わすれる 始める：はじめる	おしえたかった わすれたかった はじめたかった

PS：除了「たかった」以外，「たい」的衍生句型「たくて」、「たければ」亦然。如：「買いたくて」、「買いたければ」...等。

「起伏式」動詞接續「たかった」時，重音核落在「た」：

起伏式	2拍	I類	会う：あう 書く：かく 読む：よむ	あいたかった かきたかった よみたかった
		II類	見る：みる 出る：でる 得る：える	みたかった でたかった えたかった
		III類	来る：くる	きたかった
	3拍	I類	歩く：あるく 話す：はなす 休む：やすむ	あるきたかった はなしたかった やすみたかった
			帰る：かえる	かえりたかった
		II類	起きる：おきる 出来る：できる 降りる：おりる 食べる：たべる	おきたかった できたかった＊ おりたかった たべたかった
	4拍	I類	手伝う：てつだう 集まる：あつまる 頑張る：がんばる	てつだいたかった あつまりたかった がんばりたかった
		II類	答える：こたえる 　　　　こたえる 調べる：しらべる 疲れる：つかれる	こたえたかった しらべたかった つかれたかった＊

PS：除了「たかった」以外，「たい」的衍生句型「たくて」、「たければ」亦然。如：「会いたくて」、「見たければ」...等。此外，起伏式2拍動詞的II、III類動詞，重音核亦可往前移一拍。如：「見たかった」、「出たかった」、「来たかった」...等。

027. 動詞連用形たがる的語調

「平板式」動詞接續「たがる」時，重音核落在「が」：

平板式	2拍	I類	買う　：かう 行く　：いく 泣く　：なく	かいたがる いきたがる なきたがる
		II類	居る　：いる 着る　：きる 寝る　：ねる	いたがる きたがる ねたがる
		III類	する　：する	したがる
	3拍	I類	笑う　：わらう 歌う　：うたう 終わる：おわる	わらいたがる うたいたがる おわりたがる
		II類	浴びる：あびる 借りる：かりる 入れる：いれる	あびたがる かりたがる いれたがる
	4拍	I類	行う　：おこなう 働く　：はたらく	おこないたがる はたらきたがる
		II類	教える：おしえる 忘れる：わすれる 始める：はじめる	おしえたがる わすれたがる はじめたがる

「起伏式」動詞接續「たがる」時，重音核落在「が」：

起伏式	2拍	I類	会う：あう 書く：かく 読む：よむ	あいたがる かきたがる よみたがる
		II類	見る：みる 出る：でる 得る：える	みたがる でたがる えたがる
		III類	来る：くる	きたがる
	3拍	I類	歩く：あるく 話す：はなす 休む：やすむ	あるきたがる はなしたがる やすみたがる
			帰る：かえる	かえりたがる
		II類	起きる：おきる 出来る：できる 降りる：おりる 食べる：たべる	おきたがる できたがる * おりたがる たべたがる
	4拍	I類	手伝う：てつだう 集まる：あつまる 頑張る：がんばる	てつだいたがる あつまりたがる がんばりたがる
		II類	答える：こたえる 　　　　こたえる 調べる：しらべる 疲れる：つかれる	こたえたがる しらべたがる つかれたがる *

028. 動詞連用形たがらない的語調

「平板式」動詞接續「たがらない」時，重音核落在「ら」：

平板式	2拍	I類	買う ：かう 行く ：いく 泣く ：なく	かいたがらない いきたがらない なきたがらない
		II類	居る ：いる 着る ：きる 寝る ：ねる	いたがらない きたがらない ねたがらない
		III類	する ：する	したがらない
	3拍	I類	笑う ：わらう 歌う ：うたう 終わる：おわる	わらいたがらない うたいたがらない おわりたがらない
		II類	浴びる：あびる 借りる：かりる 入れる：いれる	あびたがらない かりたがらない いれたがらない
	4拍	I類	行う ：おこなう 働く ：はたらく	おこないたがらない はたらきたがらない
		II類	教える：おしえる 忘れる：わすれる 始める：はじめる	おしえたがらない わすれたがらない はじめたがらない

「起伏式」動詞接續「たがらない」時，重音核落在「ら」：

起伏式	2拍	I類	会う：あう 書く：かく 読む：よむ	あいたがらない かきたがらない よみたがらない
		II類	見る：みる 出る：でる 得る：える	みたがらない でたがらない えたがらない
		III類	来る：くる	きたがらない
	3拍	I類	歩く：あるく 話す：はなす 休む：やすむ	あるきたがらない はなしたがらない やすみたがらない
			帰る：かえる	かえりたがらない
		II類	起きる：おきる 出来る：できる 降りる：おりる 食べる：たべる	おきたがらない できたがらない * おりたがらない たべたがらない
	4拍	I類	手伝う：てつだう 集まる：あつまる 頑張る：がんばる	てつだいたがらない あつまりたがらない がんばりたがらない
		II類	答える：こたえる 　　　　こたえる 調べる：しらべる 疲れる：つかれる	こたえたがらない しらべたがらない つかれたがらない *

029. 動詞連用形ながら的語調

「平板式」動詞接續「ながら」時，整體仍為平板式：

平板式	2拍	I類	買う：かう 行く：いく 泣く：なく	かいながら いきながら なきながら
		II類	居る：いる 着る：きる 寝る：ねる	いながら きながら ねながら
		III類	する：する	しながら
	3拍	I類	笑う：わらう 歌う：うたう 終わる：おわる	わらいながら うたいながら おわりながら
		II類	浴びる：あびる 借りる：かりる 入れる：いれる	あびながら かりながら いれながら
	4拍	I類	行う：おこなう 働く：はたらく	おこないながら はたらきながら
		II類	教える：おしえる 忘れる：わすれる 始める：はじめる	おしえながら わすれながら はじめながら

PS：上述平板式動詞接續「ながら」時，亦可念成起伏式，重音核落在「な」。如：「買いながら」、「いながら」…等。

「起伏式」動詞接續「ながら」時，重音核落在「な」：

起伏式	2拍	I類	会う：あう 書く：かく 読む：よむ	あいながら かきながら よみながら
		II類	見る：みる 出る：でる 得る：える	みながら でながら えながら
		III類	来る：くる	きながら
	3拍	I類	歩く：あるく 話す：はなす 休む：やすむ	あるきながら はなしながら やすみながら
			帰る：かえる	かえりながら
		II類	起きる：おきる 出来る：できる 降りる：おりる 食べる：たべる	おきながら できながら おりながら たべながら
	4拍	I類	手伝う：てつだう 集まる：あつまる 頑張る：がんばる	てつだいながら あつまりながら がんばりながら
		II類	答える：こたえる 　　　　こたえる 調べる：しらべる 疲れる：つかれる	こたえながら しらべながら つかれながら

030. 動詞連用形そうだ（樣態）的語調

「平板式」動詞接續「そうだ（樣態）」時，整體仍為平板式：

平板式	2拍	I類	買う　：かう 行く　：いく 泣く　：なく	かいそうだ いきそうだ なきそうだ
		II類	居る　：いる 着る　：きる 寝る　：ねる	いそうだ きそうだ ねそうだ
		III類	する　：する	しそうだ
	3拍	I類	笑う　：わらう 歌う　：うたう 終わる：おわる	わらいそうだ うたいそうだ おわりそうだ
		II類	浴びる：あびる 借りる：かりる 入れる：いれる	あびそうだ かりそうだ いれそうだ
	4拍	I類	行う　：おこなう 働く　：はたらく	おこないそうだ はたらきそうだ
		II類	教える：おしえる 忘れる：わすれる 始める：はじめる	おしえそうだ わすれそうだ はじめそうだ

「起伏式」動詞接續「そうだ（様態）」時，重音核落在「そ」：

起伏式	2拍	I類	会う：あう 書く：かく 読む：よむ	あいそうだ かきそうだ よみそうだ
		II類	見る：みる 出る：でる 得る：える	みそうだ でそうだ えそうだ
		III類	来る：くる	きそうだ
	3拍	I類	歩く：あるく 話す：はなす 休む：やすむ	あるきそうだ はなしそうだ やすみそうだ
			帰る：かえる	かえりそうだ
		II類	起きる：おきる 出来る：できる 降りる：おりる 食べる：たべる	おきそうだ できそうだ おりそうだ たべそうだ
	4拍	I類	手伝う：てつだう 集まる：あつまる 頑張る：がんばる	てつだいそうだ あつまりそうだ がんばりそうだ
		II類	答える：こたえる 　　　　こたえる 調べる：しらべる 疲れる：つかれる	こたえそうだ しらべそうだ つかれそうだ

031. 動詞連用形に（目的）的語調

「平板式」動詞接續「に（目的）」時，整體仍為平板式：

平板式	2拍	I類	買う ：かう 行く ：いく 泣く ：なく	かいに いきに なきに
		II類	居る ：いる 着る ：きる 寝る ：ねる	いに きに ねに
		III類	する ：する	しに
	3拍	I類	笑う ：わらう 歌う ：うたう 終わる：おわる	わらいに うたいに おわりに
		II類	浴びる：あびる 借りる：かりる 入れる：いれる	あびに かりに いれに
	4拍	I類	行う ：おこなう 働く ：はたらく	おこないに はたらきに
		II類	教える：おしえる 忘れる：わすれる 始める：はじめる	おしえに わすれに はじめに

「起伏式」動詞接續「に（目的）」時，重音核落在倒數第三音節：

起伏式	2拍	I類	会う：あう 書く：かく 読む：よむ	あいに かきに よみに
		II類	見る：みる 出る：でる 得る：える	みに でに えに
		III類	来る：くる	不會使用此動詞
	3拍	I類	歩く：あるく 話す：はなす 休む：やすむ	あるきに はなしに やすみに
			帰る：かえる	かえりに
		II類	起きる：おきる 出来る：できる 降りる：おりる 食べる：たべる	おきに できに * おりに たべに
	4拍	I類	手伝う：てつだう 集まる：あつまる 頑張る：がんばる	てつだいに あつまりに がんばりに
		II類	答える：こたえる 　　　　こたえる 調べる：しらべる 疲れる：つかれる	こたえに しらべに つかれに *

PS：若像是「見に」「出に」這種只有兩個音節時，則重音核落在倒數第二音節。
PS：「帰る」這類的頭高型的三拍I類動詞，全體之重音核落在第一音節。亦可念成重音落在「に」的前方，如：「帰りに」。

032. 動詞連用形なさい的語調

「平板式」動詞接續「なさい」時，重音核落在「さ」：

平板式	2拍	I類	買う　：かう 行く　：いく 泣く　：なく	かいなさい いきなさい なきなさい
		II類	居る　：いる 着る　：きる 寝る　：ねる	いなさい きなさい ねなさい
		III類	する　：する	しなさい
	3拍	I類	笑う　：わらう 歌う　：うたう 終わる：おわる	わらいなさい うたいなさい おわりなさい
		II類	浴びる：あびる 借りる：かりる 入れる：いれる	あびなさい かりなさい いれなさい
	4拍	I類	行う　：おこなう 働く　：はたらく	おこないなさい はたらきなさい
		II類	教える：おしえる 忘れる：わすれる 始める：はじめる	おしえなさい わすれなさい はじめなさい

「起伏式」動詞接續「なさい」時，重音核落在「さ」：

起伏式	2拍	I類	会う：あう 書く：かく 読む：よむ	あいなさい かきなさい よみなさい
		II類	見る：みる 出る：でる 得る：える	みなさい でなさい えなさい
		III類	来る：くる	きなさい
	3拍	I類	歩く：あるく 話す：はなす 休む：やすむ	あるきなさい はなしなさい やすみなさい
			帰る：かえる	かえりなさい
		II類	起きる：おきる 出来る：できる 降りる：おりる 食べる：たべる	おきなさい できなさい おりなさい たべなさい
	4拍	I類	手伝う：てつだう 集まる：あつまる 頑張る：がんばる	てつだいなさい あつまりなさい がんばりなさい
		II類	答える：こたえる 　　　　こたえる 調べる：しらべる 疲れる：つかれる	こたえなさい しらべなさい つかれなさい＊

033. 動詞連用形やすい／にくい的語調

「平板式」動詞接續「やすい」時，重音核落在「す」：

平板式	2拍	I類	買う ：かう 行く ：いく 泣く ：なく	かいやすい いきやすい なきやすい
		II類	居る ：いる 着る ：きる 寝る ：ねる	いやすい きやすい ねやすい
		III類	する ：する	しやすい
	3拍	I類	笑う ：わらう 歌う ：うたう 終わる：おわる	わらいやすい うたいやすい おわりやすい
		II類	浴びる：あびる 借りる：かりる 入れる：いれる	あびやすい かりやすい いれやすい
	4拍	I類	行う ：おこなう 働く ：はたらく	おこないやすい はたらきやすい
		II類	教える：おしえる 忘れる：わすれる 始める：はじめる	おしえやすい わすれやすい はじめやすい

PS：「平板式」動詞接續「にくい」時，重音核落在「く」。如：「買いにくい」、「いにくい」... 等。

「起伏式」動詞接續「やすい」時，重音核落在「す」：

起伏式	2拍	I類	会う：あう 書く：かく 読む：よむ	あいやすい かきやすい よみやすい
		II類	見る：みる 出る：でる 得る：える	みやすい でやすい えやすい
		III類	来る：くる	きやすい
	3拍	I類	歩く：あるく 話す：はなす 休む：やすむ	あるきやすい はなしやすい やすみやすい
			帰る：かえる	かえりやすい
		II類	起きる：おきる 出来る：できる 降りる：おりる 食べる：たべる	おきやすい できやすい おりやすい たべやすい
	4拍	I類	手伝う：てつだう 集まる：あつまる 頑張る：がんばる	てつだいやすい あつまりやすい がんばりやすい
		II類	答える：こたえる 　　　　こたえる 調べる：しらべる 疲れる：つかれる	こたえやすい しらべやすい つかれやすい

PS：「起伏式」動詞接續「にくい」時，重音核落在「く」。如：「書きにくい」、「見にくい」…等。

034. 動詞終止形だろう的語調

「平板式」動詞接續「だろう」時，重音核分別落在動詞最末音節、以及「ろ」的位置：

平板式	2拍	I類	買う ：かう 行く ：いく 泣く ：なく	かう・だろう いく・だろう なく・だろう
		II類	居る ：いる 着る ：きる 寝る ：ねる	いる・だろう きる・だろう ねる・だろう
		III類	する ：する	する・だろう
	3拍	I類	笑う ：わらう 歌う ：うたう 終わる：おわる	わらう・だろう うたう・だろう おわる・だろう
		II類	浴びる：あびる 借りる：かりる 入れる：いれる	あびる・だろう かりる・だろう いれる・だろう
	4拍	I類	行う ：おこなう 働く ：はたらく	おこなう・だろう はたらく・だろう
		II類	教える：おしえる 忘れる：わすれる 始める：はじめる	おしえる・だろう わすれる・だろう はじめる・だろう

PS：亦有第一個重音核消失，整體合併為一體的唸法，如：「買うだろう」、「いるだろう」。

「起伏式」動詞接續「だろう」時，動詞部分的重音核在原本位置不變、以及「ろ」的位置：

起伏式	2拍	I類	会う：あう 書く：かく 読む：よむ	あう・だろう かく・だろう よむ・だろう
		II類	見る：みる 出る：でる 得る：える	みる・だろう でる・だろう える・だろう
		III類	来る：くる	くる・だろう
	3拍	I類	歩く：あるく 話す：はなす 休む：やすむ	あるく・だろう はなす・だろう やすむ・だろう
			帰る：かえる	かえる・だろう
		II類	起きる：おきる 出来る：できる 降りる：おりる 食べる：たべる	おきる・だろう できる・だろう おりる・だろう たべる・だろう
	4拍	I類	手伝う：てつだう 集まる：あつまる 頑張る：がんばる	てつだう・だろう あつまる・だろう がんばる・だろう
		II類	答える：こたえる 　　　　こたえる 調べる：しらべる 疲れる：つかれる	こたえる・だろう こたえる・だろう しらべる・だろう つかれる・だろう

PS：亦有第二個重音核消失，整體合併為一體的唸法，如：「会うだろう」、「見るだろう」。

035. 動詞終止形でしょう的語調

「平板式」動詞接續「でしょう」時，重音核分別落在動詞最末音節、以及「しょ」的位置：

平板式	2拍	I類	買う：かう 行く：いく 泣く：なく	かう・でしょう いく・でしょう なく・でしょう
		II類	居る：いる 着る：きる 寝る：ねる	いる・でしょう きる・でしょう ねる・でしょう
		III類	する：する	する・でしょう
	3拍	I類	笑う：わらう 歌う：うたう 終わる：おわる	わらう・でしょう うたう・でしょう おわる・でしょう
		II類	浴びる：あびる 借りる：かりる 入れる：いれる	あびる・でしょう かりる・でしょう いれる・でしょう
	4拍	I類	行う：おこなう 働く：はたらく	おこなう・でしょう はたらく・でしょう
		II類	教える：おしえる 忘れる：わすれる 始める：はじめる	おしえる・でしょう わすれる・でしょう はじめる・でしょう

PS：亦有第一個重音核消失，整體合併為一體的唸法，如：「買うでしょう」、「いるでしょう」。

「起伏式」動詞接續「でしょう」時，動詞部分的重音核在原本位置不變、以及「しょ」的位置：

起伏式	2拍	I類	会う：あう 書く：かく 読む：よむ	あう・でしょう かく・でしょう よむ・でしょう
		II類	見る：みる 出る：でる 得る：える	みる・でしょう でる・でしょう える・でしょう
		III類	来る：くる	くる・でしょう
	3拍	I類	歩く：あるく 話す：はなす 休む：やすむ	あるく・でしょう はなす・でしょう やすむ・でしょう
			帰る：かえる	かえる・でしょう
		II類	起きる：おきる 出来る：できる 降りる：おりる 食べる：たべる	おきる・でしょう できる・でしょう おりる・でしょう たべる・でしょう
	4拍	I類	手伝う：てつだう 集まる：あつまる 頑張る：がんばる	てつだう・でしょう あつまる・でしょう がんばる・でしょう
		II類	答える：こたえる 　　　　こたえる 調べる：しらべる 疲れる：つかれる	こたえる・でしょう こたえる・でしょう しらべる・でしょう つかれる・でしょう

PS：亦有第二個重音核消失，整體合併為一體的唸法，如：「会うでしょう」、「見るでしょう」。

036. 動詞終止形らしい的語調

「平板式」動詞接續「らしい」時，重音核落在「し」：

平板式	2拍	I類	買う：かう 行く：いく 泣く：なく	かうらしい いくらしい なくらしい
		II類	居る：いる 着る：きる 寝る：ねる	いるらしい きるらしい ねるらしい
		III類	する：する	するらしい
	3拍	I類	笑う：わらう 歌う：うたう 終わる：おわる	わらうらしい うたうらしい おわるらしい
		II類	浴びる：あびる 借りる：かりる 入れる：いれる	あびるらしい かりるらしい いれるらしい
	4拍	I類	行う：おこなう 働く：はたらく	おこなうらしい はたらくらしい
		II類	教える：おしえる 忘れる：わすれる 始める：はじめる	おしえるらしい わすれるらしい はじめるらしい

「起伏式」動詞接續「らしい」時，動詞部分的重音核在原本位置不變、以及「し」的位置：

起伏式	2拍	I類	会う：あう 書く：かく 読む：よむ	あう・らしい かく・らしい よむ・らしい
		II類	見る：みる 出る：でる 得る：える	みる・らしい でる・らしい える・らしい
		III類	来る：くる	くる・らしい
	3拍	I類	歩く：あるく 話す：はなす 休む：やすむ	あるく・らしい はなす・らしい やすむ・らしい
			帰る：かえる	かえる・らしい
		II類	起きる：おきる 出来る：できる 降りる：おりる 食べる：たべる	おきる・らしい できる・らしい おりる・らしい たべる・らしい
	4拍	I類	手伝う：てつだう 集まる：あつまる 頑張る：がんばる	てつだう・らしい あつまる・らしい がんばる・らしい
		II類	答える：こたえる 　　　　こたえる 調べる：しらべる 疲れる：つかれる	こたえる・らしい こたえる・らしい しらべる・らしい つかれる・らしい

PS：亦有第一個重音核消失，整體合併為一體的唸法，如：「会うらしい」、「見るらしい」。

037. 動詞終止形そうだ的語調

「平板式」動詞接續「そうだ」時，重音核落在「そ」：

平板式	2拍	I類	買う：かう 行く：いく 泣く：なく	かうそうだ いくそうだ なくそうだ
		II類	居る：いる 着る：きる 寝る：ねる	いるそうだ きるそうだ ねるそうだ
		III類	する：する	するそうだ
	3拍	I類	笑う：わらう 歌う：うたう 終わる：おわる	わらうそうだ うたうそうだ おわるそうだ
		II類	浴びる：あびる 借りる：かりる 入れる：いれる	あびるそうだ かりるそうだ いれるそうだ
	4拍	I類	行う：おこなう 働く：はたらく	おこなうそうだ はたらくそうだ
		II類	教える：おしえる 忘れる：わすれる 始める：はじめる	おしえるそうだ わすれるそうだ はじめるそうだ

PS：若為「～ないそうだ」、「～たそうだ」、「～なかったそうだ」時，重音核一樣落在「そ」。如：「買わないそうだ」、「買ったそうだ」、「買わなかったそうだ」。

「起伏式」動詞接續「そうだ」時，動詞部分的重音核在原本位置不變、以及「そ」的位置：

起伏式	2拍	I類	会う：あう 書く：かく 読む：よむ	あう・そうだ かく・そうだ よむ・そうだ
		II類	見る：みる 出る：でる 得る：える	みる・そうだ でる・そうだ える・そうだ
		III類	来る：くる	くる・そうだ
	3拍	I類	歩く：あるく 話す：はなす 休む：やすむ	あるく・そうだ はなす・そうだ やすむ・そうだ
			帰る：かえる	かえる・そうだ
		II類	起きる：おきる 出来る：できる 降りる：おりる 食べる：たべる	おきる・そうだ できる・そうだ おりる・そうだ たべる・そうだ
	4拍	I類	手伝う：てつだう 集まる：あつまる 頑張る：がんばる	てつだう・そうだ あつまる・そうだ がんばる・そうだ
		II類	答える：こたえる 　　　　こたえる 調べる：しらべる 疲れる：つかれる	こたえる・そうだ こたえる・そうだ しらべる・そうだ つかれる・そうだ

PS：亦有第二個重音核消失，整體合併為一體的唸法，如：「会うそうだ」、「見るそうだ」。

038. 動詞連体形ようだ的語調

「平板式」動詞接續「ようだ」時，重音核落在「よ」：

平板式	2拍	I類	買う ：かう 行く ：いく 泣く ：なく	かうようだ いくようだ なくようだ
		II類	居る ：いる 着る ：きる 寝る ：ねる	いるようだ きるようだ ねるようだ
		III類	する ：する	するようだ
	3拍	I類	笑う ：わらう 歌う ：うたう 終わる：おわる	わらうようだ うたうようだ おわるようだ
		II類	浴びる：あびる 借りる：かりる 入れる：いれる	あびるようだ かりるようだ いれるようだ
	4拍	I類	行う ：おこなう 働く ：はたらく	おこなうようだ はたらくようだ
		II類	教える：おしえる 忘れる：わすれる 始める：はじめる	おしえるようだ わすれるようだ はじめるようだ

PS：若為「～ないようだ」、「～たようだ」、「～なかったようだ」時，重音核一樣落在「よ」。如：「買わないようだ」、「買ったようだ」、「買わなかったようだ」。

「起伏式」動詞接續「ようだ」時，動詞部分的重音核在原本位置不變、以及「よ」的位置：

起伏式	2拍	I類	会う：あう 書く：かく 読む：よむ	あう・ようだ かく・ようだ よむ・ようだ
		II類	見る：みる 出る：でる 得る：える	みる・ようだ でる・ようだ える・ようだ
		III類	来る：くる	くる・ようだ
	3拍	I類	歩く：あるく 話す：はなす 休む：やすむ	あるく・ようだ はなす・ようだ やすむ・ようだ
			帰る：かえる	かえる・ようだ
		II類	起きる：おきる 出来る：できる 降りる：おりる 食べる：たべる	おきる・ようだ できる・ようだ おりる・ようだ たべる・ようだ
	4拍	I類	手伝う：てつだう 集まる：あつまる 頑張る：がんばる	てつだう・ようだ あつまる・ようだ がんばる・ようだ
		II類	答える：こたえる 　　　　こたえる 調べる：しらべる 疲れる：つかれる	こたえる・ようだ こたえる・ようだ しらべる・ようだ つかれる・ようだ

PS：亦有第二個重音核消失，整體合併為一體的唸法，如：「会うようだ」、「見るようだ」。

039. 動詞連体形みたいだ的語調

「平板式」動詞接續「みたいだ」時，重音核落在「み」：

平板式	2拍	I類	買う ：かう 行く ：いく 泣く ：なく	かうみたいだ いくみたいだ なくみたいだ
		II類	居る ：いる 着る ：きる 寝る ：ねる	いるみたいだ きるみたいだ ねるみたいだ
		III類	する ：する	するみたいだ
	3拍	I類	笑う ：わらう 歌う ：うたう 終わる：おわる	わらうみたいだ うたうみたいだ おわるみたいだ
		II類	浴びる：あびる 借りる：かりる 入れる：いれる	あびるみたいだ かりるみたいだ いれるみたいだ
	4拍	I類	行う ：おこなう 働く ：はたらく	おこなうみたいだ はたらくみたいだ
		II類	教える：おしえる 忘れる：わすれる 始める：はじめる	おしえるみたいだ わすれるみたいだ はじめるみたいだ

PS：若為「〜ないみたいだ」、「〜たみたいだ」、「〜なかったみたいだ」時，重音核一樣落在「よ」。如：「買わないみたいだ」、「買ったみたいだ」、「買わなかったみたいだ」。

「起伏式」動詞接續「みたいだ」時，動詞部分的重音核在原本位置不變、以及「み」的位置：

起伏式	2拍	I類	会う：あう 書く：かく 読む：よむ	あう・みたいだ かく・みたいだ よむ・みたいだ
		II類	見る：みる 出る：でる 得る：える	みる・みたいだ でる・みたいだ える・みたいだ
		III類	来る：くる	くる・みたいだ
	3拍	I類	歩く：あるく 話す：はなす 休む：やすむ	あるく・みたいだ はなす・みたいだ やすむ・みたいだ
			帰る：かえる	かえる・みたいだ
		II類	起きる：おきる 出来る：できる 降りる：おりる 食べる：たべる	おきる・みたいだ できる・みたいだ おりる・みたいだ たべる・みたいだ
	4拍	I類	手伝う：てつだう 集まる：あつまる 頑張る：がんばる	てつだう・みたいだ あつまる・みたいだ がんばる・みたいだ
		II類	答える：こたえる 　　　　こたえる 調べる：しらべる 疲れる：つかれる	こたえる・みたいだ こたえる・みたいだ しらべる・みたいだ つかれる・みたいだ

PS：亦有第二個重音核消失，整體合併為一體的唸法，如：「会うみたいだ」、「見るみたいだ」。

040. 動詞終止形〜が（接続助詞）的語調

「平板式」動詞接續「が」時，重音核落在動詞最末音節：

平板式	2拍	I類	買う　：かう 行く　：いく 泣く　：なく	かうが いくが なくが
		II類	居る　：いる 着る　：きる 寝る　：ねる	いるが きるが ねるが
		III類	する　：する	するが
	3拍	I類	笑う　：わらう 歌う　：うたう 終わる：おわる	わらうが うたうが おわるが
		II類	浴びる：あびる 借りる：かりる 入れる：いれる	あびるが かりるが いれるが
	4拍	I類	行う　：おこなう 働く　：はたらく	おこなうが はたらくが
		II類	教える：おしえる 忘れる：わすれる 始める：はじめる	おしえるが わすれるが はじめるが

「起伏式」動詞接續「が」時，重音核在原本動詞的位置不變：

起伏式	2拍	I類	会う：あう 書く：かく 読む：よむ	あうが かくが よむが
		II類	見る：みる 出る：でる 得る：える	みるが でるが えるが
		III類	来る：くる	くるが
	3拍	I類	歩く：あるく 話す：はなす 休む：やすむ	あるくが はなすが やすむが
			帰る：かえる	かえるが
		II類	起きる：おきる 出来る：できる 降りる：おりる 食べる：たべる	おきるが できるが おりるが たべるが
	4拍	I類	手伝う：てつだう 集まる：あつまる 頑張る：がんばる	てつだうが あつまるが がんばるが
		II類	答える：こたえる 　　　　こたえる 調べる：しらべる 疲れる：つかれる	こたえるが こたえるが しらべるが つかれるが

041. 動詞終止形〜し（接続助詞）的語調

「平板式」動詞接續「し」時，重音核落在動詞最末音節：

平板式	2拍	I類	買う　：かう 行く　：いく 泣く　：なく	かうし いくし なくし
		II類	居る　：いる 着る　：きる 寝る　：ねる	いるし きるし ねるし
		III類	する　：する	するし
	3拍	I類	笑う　：わらう 歌う　：うたう 終わる：おわる	わらうし うたうし おわるし
		II類	浴びる：あびる 借りる：かりる 入れる：いれる	あびるし かりるし いれるし
	4拍	I類	行う　：おこなう 働く　：はたらく	おこなうし はたらくし
		II類	教える：おしえる 忘れる：わすれる 始める：はじめる	おしえるし わすれるし はじめるし

「起伏式」動詞接續「し」時，重音核在原本動詞的位置不變：

起伏式	2拍	I類	会う：あう 書く：かく 読む：よむ	あうし かくし よむし
		II類	見る：みる 出る：でる 得る：える	みるし でるし えるし
		III類	来る：くる	くるし
	3拍	I類	歩く：あるく 話す：はなす 休む：やすむ	あるくし はなすし やすむし
			帰る：かえる	かえるし
		II類	起きる：おきる 出来る：できる 降りる：おりる 食べる：たべる	おきるし できるし おりるし たべるし
	4拍	I類	手伝う：てつだう 集まる：あつまる 頑張る：がんばる	てつだうし あつまるし がんばるし
		II類	答える：こたえる 　　　　こたえる 調べる：しらべる 疲れる：つかれる	こたえるし こたえるし しらべるし つかれるし

042. 動詞終止形〜から（接続助詞）的語調

「平板式」動詞接続「から」時，重音核落在動詞最末音節：

平板式	2拍	I類	買う ：かう 行く ：いく 泣く ：なく	かうから いくから なくから
		II類	居る ：いる 着る ：きる 寝る ：ねる	いるから きるから ねるから
		III類	する ：する	するから
	3拍	I類	笑う ：わらう 歌う ：うたう 終わる：おわる	わらうから うたうから おわるから
		II類	浴びる：あびる 借りる：かりる 入れる：いれる	あびるから かりるから いれるから
	4拍	I類	行う ：おこなう 働く ：はたらく	おこなうから はたらくから
		II類	教える：おしえる 忘れる：わすれる 始める：はじめる	おしえるから わすれるから はじめるから

「起伏式」動詞接續「から」時，重音核在原本動詞的位置不變：

起伏式	2拍	I類	会う：あう 書く：かく 読む：よむ	あうから かくから よむから
		II類	見る：みる 出る：でる 得る：える	みるから でるから えるから
		III類	来る：くる	くるから
	3拍	I類	歩く：あるく 話す：はなす 休む：やすむ	あるくから はなすから やすむから
			帰る：かえる	かえるから
		II類	起きる：おきる 出来る：できる 降りる：おりる 食べる：たべる	おきるから できるから おりるから たべるから
	4拍	I類	手伝う：てつだう 集まる：あつまる 頑張る：がんばる	てつだうから あつまるから がんばるから
		II類	答える：こたえる 　　　　こたえる 調べる：しらべる 疲れる：つかれる	こたえるから こたえるから しらべるから つかれるから

043. 動詞終止形～けれども（接続助詞）的語調

「平板式」動詞接續「けれども」時，重音核落在動詞最末音節：

平板式	2拍	I類	買う ：かう 行く ：いく 泣く ：なく	かうけれども いくけれども なくけれども
		II類	居る ：いる 着る ：きる 寝る ：ねる	いるけれども きるけれども ねるけれども
		III類	する ：する	するけれども
	3拍	I類	笑う ：わらう 歌う ：うたう 終わる：おわる	わらうけれども うたうけれども おわるけれども
		II類	浴びる：あびる 借りる：かりる 入れる：いれる	あびるけれども かりるけれども いれるけれども
	4拍	I類	行う ：おこなう 働く ：はたらく	おこなうけれども はたらくけれども
		II類	教える：おしえる 忘れる：わすれる 始める：はじめる	おしえるけれども わすれるけれども はじめるけれども

「起伏式」動詞接續「けれども」時，重音核在原本動詞的位置不變：

起伏式	2拍	I類	会う：あう 書く：かく 読む：よむ	あうけれども かくけれども よむけれども
		II類	見る：みる 出る：でる 得る：える	みるけれども でるけれども えるけれども
		III類	来る：くる	くるけれども
	3拍	I類	歩く：あるく 話す：はなす 休む：やすむ	あるくけれども はなすけれども やすむけれども
			帰る：かえる	かえるけれども
		II類	起きる：おきる 出来る：できる 降りる：おりる 食べる：たべる	おきるけれども できるけれども おりるけれども たべるけれども
	4拍	I類	手伝う：てつだう 集まる：あつまる 頑張る：がんばる	てつだうけれども あつまるけれども がんばるけれども
		II類	答える：こたえる 　　　　こたえる 調べる：しらべる 疲れる：つかれる	こたえるけれども こたえるけれども しらべるけれども つかれるけれども

044. 動詞終止形〜と（接続助詞）的語調

「平板式」動詞接續「と」時，重音核落在動詞最末音節：

平板式	2拍	I類	買う　：かう 行く　：いく 泣く　：なく	かうと いくと なくと
		II類	居る　：いる 着る　：きる 寝る　：ねる	いると きると ねると
		III類	する　：する	すると
	3拍	I類	笑う　：わらう 歌う　：うたう 終わる：おわる	わらうと うたうと おわると
		II類	浴びる：あびる 借りる：かりる 入れる：いれる	あびると かりると いれると
	4拍	I類	行う　：おこなう 働く　：はたらく	おこなうと はたらくと
		II類	教える：おしえる 忘れる：わすれる 始める：はじめる	おしえると わすれると はじめると

PS：「平板式」動詞接續「と」時，亦有整體仍為平板式的唸法，如：「買うと」、「いると」。

「起伏式」動詞接續「と」時，重音核在原本動詞的位置不變：

起伏式	2拍	I類	会う：あう 書く：かく 読む：よむ	あうと かくと よむと
		II類	見る：みる 出る：でる 得る：える	みると でると えると
		III類	来る：くる	くると
	3拍	I類	歩く：あるく 話す：はなす 休む：やすむ	あるくと はなすと やすむと
			帰る：かえる	かえると
		II類	起きる：おきる 出来る：できる 降りる：おりる 食べる：たべる	おきると できると おりると たべると
	4拍	I類	手伝う：てつだう 集まる：あつまる 頑張る：がんばる	てつだうと あつまると がんばると
		II類	答える：こたえる 　　　　こたえる 調べる：しらべる 疲れる：つかれる	こたえると こたえると しらべると つかれると

045. 動詞終止形～って（接続助詞）的語調

「平板式」動詞接續「って」時，重音核落在動詞最末音節：

平板式	2拍	I類	買う　：かう 行く　：いく 泣く　：なく	かうって いくって なくって
		II類	居る　：いる 着る　：きる 寝る　：ねる	いるって きるって ねるって
		III類	する　：する	するって
	3拍	I類	笑う　：わらう 歌う　：うたう 終わる：おわる	わらうって うたうって おわるって
		II類	浴びる：あびる 借りる：かりる 入れる：いれる	あびるって かりるって いれるって
	4拍	I類	行う　：おこなう 働く　：はたらく	おこなうって はたらくって
		II類	教える：おしえる 忘れる：わすれる 始める：はじめる	おしえるって わすれるって はじめるって

「起伏式」動詞接續「って」時，重音核在原本動詞的位置不變：

起伏式	2拍	I類	会う：あう 書く：かく 読む：よむ	あうって かくって よむって
		II類	見る：みる 出る：でる 得る：える	みるって でるって えるって
		III類	来る：くる	くるって
	3拍	I類	歩く：あるく 話す：はなす 休む：やすむ	あるくって はなすって やすむって
			帰る：かえる	かえるって
		II類	起きる：おきる 出来る：できる 降りる：おりる 食べる：たべる	おきるって できるって おりるって たべるって
	4拍	I類	手伝う：てつだう 集まる：あつまる 頑張る：がんばる	てつだうって あつまるって がんばるって
		II類	答える：こたえる 　　　　こたえる 調べる：しらべる 疲れる：つかれる	こたえるって こたえるって しらべるって つかれるって

046. 動詞連体形～の（だ）（準体助詞）的語調

「平板式」動詞接續「の（だ）」時，重音核落在動詞最末音節：

平板式	2拍	Ⅰ類	買う　：かう 行く　：いく 泣く　：なく	かうの（だ） いくの（だ） なくの（だ）
		Ⅱ類	居る　：いる 着る　：きる 寝る　：ねる	いるの（だ） きるの（だ） ねるの（だ）
		Ⅲ類	する　：する	するの（だ）
	3拍	Ⅰ類	笑う　：わらう 歌う　：うたう 終わる：おわる	わらうの（だ） うたうの（だ） おわるの（だ）
		Ⅱ類	浴びる：あびる 借りる：かりる 入れる：いれる	あびるの（だ） かりるの（だ） いれるの（だ）
	4拍	Ⅰ類	行う　：おこなう 働く　：はたらく	おこなうの（だ） はたらくの（だ）
		Ⅱ類	教える：おしえる 忘れる：わすれる 始める：はじめる	おしえるの（だ） わすれるの（だ） はじめるの（だ）

「起伏式」動詞接續「の（だ）」時，重音核在原本動詞的位置不變：

起伏式	2拍	I類	会う：あう 書く：かく 読む：よむ	あうの（だ） かくの（だ） よむの（だ）
		II類	見る：みる 出る：でる 得る：える	みるの（だ） でるの（だ） えるの（だ）
		III類	来る：くる	くるの（だ）
	3拍	I類	歩く：あるく 話す：はなす 休む：やすむ	あるくの（だ） はなすの（だ） やすむの（だ）
			帰る：かえる	かえるの（だ）
		II類	起きる：おきる 出来る：できる 降りる：おりる 食べる：たべる	おきるの（だ） できるの（だ） おりるの（だ） たべるの（だ）
	4拍	I類	手伝う：てつだう 集まる：あつまる 頑張る：がんばる	てつだうの（だ） あつまるの（だ） がんばるの（だ）
		II類	答える：こたえる 　　　　こたえる 調べる：しらべる 疲れる：つかれる	こたえるの（だ） こたえるの（だ） しらべるの（だ） つかれるの（だ）

047. 動詞連体形〜ので（接続助詞）的語調

「平板式」動詞接續「ので」時，重音核落在動詞最末音節：

平板式	2拍	I類	買う ：かう 行く ：いく 泣く ：なく	かうので いくので なくので
		II類	居る ：いる 着る ：きる 寝る ：ねる	いるので きるので ねるので
		III類	する ：する	するので
	3拍	I類	笑う ：わらう 歌う ：うたう 終わる：おわる	わらうので うたうので おわるので
		II類	浴びる：あびる 借りる：かりる 入れる：いれる	あびるので かりるので いれるので
	4拍	I類	行う ：おこなう 働く ：はたらく	おこなうので はたらくので
		II類	教える：おしえる 忘れる：わすれる 始める：はじめる	おしえるので わすれるので はじめるので

「起伏式」動詞接續「の」時，重音核在原本動詞的位置不變：

起伏式	2拍	I類	会う：あう 書く：かく 読む：よむ	あうので かくので よむので
		II類	見る：みる 出る：でる 得る：える	みるので でるので えるので
		III類	来る：くる	くるので
	3拍	I類	歩く：あるく 話す：はなす 休む：やすむ	あるくので はなすので やすむので
			帰る：かえる	かえるので
		II類	起きる：おきる 出来る：できる 降りる：おりる 食べる：たべる	おきるので できるので おりるので たべるので
	4拍	I類	手伝う：てつだう 集まる：あつまる 頑張る：がんばる	てつだうので あつまるので がんばるので
		II類	答える：こたえる 　　　　こたえる 調べる：しらべる 疲れる：つかれる	こたえるので こたえるので しらべるので つかれるので

048. 動詞連体形〜のに（接続助詞）的語調

「平板式」動詞接續「のに」時，重音核落在動詞最末音節：

平板式	2拍	I類	買う ：かう 行く ：いく 泣く ：なく	かうのに いくのに なくのに
		II類	居る ：いる 着る ：きる 寝る ：ねる	いるのに きるのに ねるのに
		III類	する ：する	するのに
	3拍	I類	笑う ：わらう 歌う ：うたう 終わる：おわる	わらうのに うたうのに おわるのに
		II類	浴びる：あびる 借りる：かりる 入れる：いれる	あびるのに かりるのに いれるのに
	4拍	I類	行う ：おこなう 働く ：はたらく	おこなうのに はたらくのに
		II類	教える：おしえる 忘れる：わすれる 始める：はじめる	おしえるのに わすれるのに はじめるのに

「起伏式」動詞接續「の」時，重音核在原本動詞的位置不變：

起伏式	2拍	I類	会う：あう 書く：かく 読む：よむ	あうのに かくのに よむのに
		II類	見る：みる 出る：でる 得る：える	みるのに でるのに えるのに
		III類	来る：くる	くるのに
	3拍	I類	歩く：あるく 話す：はなす 休む：やすむ	あるくのに はなすのに やすむのに
			帰る：かえる	かえるのに
		II類	起きる：おきる 出来る：できる 降りる：おりる 食べる：たべる	おきるのに できるのに おりるのに たべるのに
	4拍	I類	手伝う：てつだう 集まる：あつまる 頑張る：がんばる	てつだうのに あつまるのに がんばるのに
		II類	答える：こたえる 　　　　こたえる 調べる：しらべる 疲れる：つかれる	こたえるのに こたえるのに しらべるのに つかれるのに

049. 動詞連体形しか的語調

「平板式」動詞接續「しか」時，重音核落在動詞最末音節：

平板式	2拍	I類	買う ：かう 行く ：いく 泣く ：なく	かうしか いくしか なくしか
		II類	居る ：いる 着る ：きる 寝る ：ねる	いるしか きるしか ねるしか
		III類	する ：する	するしか
	3拍	I類	笑う ：わらう 歌う ：うたう 終わる：おわる	わらうしか うたうしか おわるしか
		II類	浴びる：あびる 借りる：かりる 入れる：いれる	あびるしか かりるしか いれるしか
	4拍	I類	行う ：おこなう 働く ：はたらく	おこなうしか はたらくしか
		II類	教える：おしえる 忘れる：わすれる 始める：はじめる	おしえるしか わすれるしか はじめるしか

「起伏式」動詞接續「しか」時，重音核在原本動詞的位置不變：

起伏式	2拍	I類	会う：あう 書く：かく 読む：よむ	あうしか かくしか よむしか
		II類	見る：みる 出る：でる 得る：える	みるしか でるしか えるしか
		III類	来る：くる	くるしか
	3拍	I類	歩く：あるく 話す：はなす 休む：やすむ	あるくしか はなすしか やすむしか
			帰る：かえる	かえるしか
		II類	起きる：おきる 出来る：できる 降りる：おりる 食べる：たべる	おきるしか できるしか おりるしか たべるしか
	4拍	I類	手伝う：てつだう 集まる：あつまる 頑張る：がんばる	てつだうしか あつまるしか がんばるしか
		II類	答える：こたえる 　　　　こたえる 調べる：しらべる 疲れる：つかれる	こたえるしか こたえるしか しらべるしか つかれるしか

050. 動詞連体形ほど的語調

「平板式」動詞接續「ほど」時，整體仍為平板式：

平板式	2拍	I類	買う　：かう 行く　：いく 泣く　：なく	かうほど いくほど なくほど
		II類	居る　：いる 着る　：きる 寝る　：ねる	いるほど きるほど ねるほど
		III類	する　：する	するほど
	3拍	I類	笑う　：わらう 歌う　：うたう 終わる：おわる	わらうほど うたうほど おわるほど
		II類	浴びる：あびる 借りる：かりる 入れる：いれる	あびるほど かりるほど いれるほど
	4拍	I類	行う　：おこなう 働く　：はたらく	おこなうほど はたらくほど
		II類	教える：おしえる 忘れる：わすれる 始める：はじめる	おしえるほど わすれるほど はじめるほど

「起伏式」動詞接續「ほど」時，重音核在原本動詞的位置不變：

起伏式	2拍	I類	会う：あう 書く：かく 読む：よむ	あうほど かくほど よむほど
		II類	見る：みる 出る：でる 得る：える	みるほど でるほど えるほど
		III類	来る：くる	くるほど
	3拍	I類	歩く：あるく 話す：はなす 休む：やすむ	あるくほど はなすほど やすむほど
			帰る：かえる	かえるほど
		II類	起きる：おきる 出来る：できる 降りる：おりる 食べる：たべる	おきるほど できるほど おりるほど たべるほど
	4拍	I類	手伝う：てつだう 集まる：あつまる 頑張る：がんばる	てつだうほど あつまるほど がんばるほど
		II類	答える：こたえる 　　　　こたえる 調べる：しらべる 疲れる：つかれる	こたえるほど こたえるほど しらべるほど つかれるほど

051. 動詞連体形だけ的語調

「平板式」動詞接續「だけ」時，整體仍為平板式：

平板式	2拍	I類	買う ：かう 行く ：いく 泣く ：なく	かうだけ いくだけ なくだけ
		II類	居る ：いる 着る ：きる 寝る ：ねる	いるだけ きるだけ ねるだけ
		III類	する ：する	するだけ
	3拍	I類	笑う ：わらう 歌う ：うたう 終わる：おわる	わらうだけ うたうだけ おわるだけ
		II類	浴びる：あびる 借りる：かりる 入れる：いれる	あびるだけ かりるだけ いれるだけ
	4拍	I類	行う ：おこなう 働く ：はたらく	おこなうだけ はたらくだけ
		II類	教える：おしえる 忘れる：わすれる 始める：はじめる	おしえるだけ わすれるだけ はじめるだけ

「起伏式」動詞接續「だけ」時，重音核在原本動詞的位置不變：

起伏式	2拍	I類	会う：あう 書く：かく 読む：よむ	あうだけ かくだけ よむだけ
		II類	見る：みる 出る：でる 得る：える	みるだけ でるだけ えるだけ
		III類	来る：くる	くるだけ
	3拍	I類	歩く：あるく 話す：はなす 休む：やすむ	あるくだけ はなすだけ やすむだけ
			帰る：かえる	かえるだけ
		II類	起きる：おきる 出来る：できる 降りる：おりる 食べる：たべる	おきるだけ できるだけ おりるだけ たべるだけ
	4拍	I類	手伝う：てつだう 集まる：あつまる 頑張る：がんばる	てつだうだけ あつまるだけ がんばるだけ
		II類	答える：こたえる 　　　　こたえる 調べる：しらべる 疲れる：つかれる	こたえるだけ こたえるだけ しらべるだけ つかれるだけ

052. 動詞連体形ぐらい的語調

「平板式」動詞接續「ぐらい／くらい」時，重音核落在「く／ぐ」：

平板式	2拍	I類	買う ：かう 行く ：いく 泣く ：なく	かうぐらい いくぐらい なくぐらい
		II類	居る ：いる 着る ：きる 寝る ：ねる	いるぐらい きるぐらい ねるぐらい
		III類	する ：する	するぐらい
	3拍	I類	笑う ：わらう 歌う ：うたう 終わる：おわる	わらうぐらい うたうぐらい おわるぐらい
		II類	浴びる：あびる 借りる：かりる 入れる：いれる	あびるぐらい かりるぐらい いれるぐらい
	4拍	I類	行う ：おこなう 働く ：はたらく	おこなうぐらい はたらくぐらい
		II類	教える：おしえる 忘れる：わすれる 始める：はじめる	おしえるぐらい わすれるぐらい はじめるぐらい

「起伏式」動詞接續「ぐらい／くらい」時，動詞部分的重音核在原本位置不變、以及「ぐ／く」的位置：

起伏式	2拍	I類	会う：あう 書く：かく 読む：よむ	あう・ぐらい かく・ぐらい よむ・ぐらい
		II類	見る：みる 出る：でる 得る：える	みる・ぐらい でる・ぐらい える・ぐらい
		III類	来る：くる	くる・ぐらい
	3拍	I類	歩く：あるく 話す：はなす 休む：やすむ	あるく・ぐらい はなす・ぐらい やすむ・ぐらい
			帰る：かえる	かえる・ぐらい
		II類	起きる：おきる 出来る：できる 降りる：おりる 食べる：たべる	おきる・ぐらい できる・ぐらい おりる・ぐらい たべる・ぐらい
	4拍	I類	手伝う：てつだう 集まる：あつまる 頑張る：がんばる	てつだう・ぐらい あつまる・ぐらい がんばる・ぐらい
		II類	答える：こたえる 　　　　こたえる 調べる：しらべる 疲れる：つかれる	こたえる・ぐらい こたえる・ぐらい しらべる・ぐらい つかれる・ぐらい

PS：亦有第一個重音核消失，整體合併為一體的唸法，如：「会うぐらい」、「見るぐらい」。

053. 動詞連体形ばかり的語調

「平板式」動詞接續「ばかり」時，重音核落在「ば」：

平板式	2拍	I類	買う ：かう 行く ：いく 泣く ：なく	かうばかり いくばかり なくばかり
		II類	居る ：いる 着る ：きる 寝る ：ねる	いるばかり きるばかり ねるばかり
		III類	する ：する	するばかり
	3拍	I類	笑う ：わらう 歌う ：うたう 終わる：おわる	わらうばかり うたうばかり おわるばかり
		II類	浴びる：あびる 借りる：かりる 入れる：いれる	あびるばかり かりるばかり いれるばかり
	4拍	I類	行う ：おこなう 働く ：はたらく	おこなうばかり はたらくばかり
		II類	教える：おしえる 忘れる：わすれる 始める：はじめる	おしえるばかり わすれるばかり はじめるばかり

「起伏式」動詞接續「ばかり」時，動詞部分的重音核在原本位置不變、以及「ば」的位置：

起伏式	2拍	I類	会う：あう 書く：かく 読む：よむ	あう・ばかり かく・ばかり よむ・ばかり
		II類	見る：みる 出る：でる 得る：える	みる・ばかり でる・ばかり える・ばかり
		III類	来る：くる	くる・ばかり
	3拍	I類	歩く：あるく 話す：はなす 休む：やすむ	あるく・ばかり はなす・ばかり やすむ・ばかり
			帰る：かえる	かえる・ばかり
		II類	起きる：おきる 出来る：できる 降りる：おりる 食べる：たべる	おきる・ばかり できる・ばかり おりる・ばかり たべる・ばかり
	4拍	I類	手伝う：てつだう 集まる：あつまる 頑張る：がんばる	てつだう・ばかり あつまる・ばかり がんばる・ばかり
		II類	答える：こたえる 　　　　こたえる 調べる：しらべる 疲れる：つかれる	こたえる・ばかり こたえる・ばかり しらべる・ばかり つかれる・ばかり

054. 動詞連体形まで的語調

「平板式」動詞接續「まで」時，重音核落在「ま」：

平板式	2拍	I類	買う　：かう 行く　：いく 泣く　：なく	かうまで いくまで なくまで
		II類	居る　：いる 着る　：きる 寝る　：ねる	いるまで きるまで ねるまで
		III類	する　：する	するまで
	3拍	I類	笑う　：わらう 歌う　：うたう 終わる：おわる	わらうまで うたうまで おわるまで
		II類	浴びる：あびる 借りる：かりる 入れる：いれる	あびるまで かりるまで いれるまで
	4拍	I類	行う　：おこなう 働く　：はたらく	おこなうまで はたらくまで
		II類	教える：おしえる 忘れる：わすれる 始める：はじめる	おしえるまで わすれるまで はじめるまで

「起伏式」動詞接續「まで」時，動詞部分的重音核在原本位置不變、以及「ま」的位置：

起伏式	2拍	I類	会う：あう 書く：かく 読む：よむ	あう・まで かく・まで よむ・まで
		II類	見る：みる 出る：でる 得る：える	みる・まで でる・まで える・まで
		III類	来る：くる	くる・まで
	3拍	I類	歩く：あるく 話す：はなす 休む：やすむ	あるく・まで はなす・まで やすむ・まで
			帰る：かえる	かえる・まで
		II類	起きる：おきる 出来る：できる 降りる：おりる 食べる：たべる	おきる・まで できる・まで おりる・まで たべる・まで
	4拍	I類	手伝う：てつだう 集まる：あつまる 頑張る：がんばる	てつだう・まで あつまる・まで がんばる・まで
		II類	答える：こたえる 　　　　こたえる 調べる：しらべる 疲れる：つかれる	こたえる・まで こたえる・まで しらべる・まで つかれる・まで

PS：亦有第二個重音核消失，整體合併為一體的唸法，如：「会うまで」、「見るまで」。

055. 動詞連体形より的語調

「平板式」動詞接續「より」時，重音核落在「よ」：

平板式	2拍	I類	買う　：かう 行く　：いく 泣く　：なく	かうより いくより なくより
		II類	居る　：いる 着る　：きる 寝る　：ねる	いるより きるより ねるより
		III類	する　：する	するより
	3拍	I類	笑う　：わらう 歌う　：うたう 終わる：おわる	わらうより うたうより おわるより
		II類	浴びる：あびる 借りる：かりる 入れる：いれる	あびるより かりるより いれるより
	4拍	I類	行う　：おこなう 働く　：はたらく	おこなうより はたらくより
		II類	教える：おしえる 忘れる：わすれる 始める：はじめる	おしえるより わすれるより はじめるより

「起伏式」動詞接續「より」時，動詞部分的重音核在原本位置不變、以及「よ」的位置：

起伏式	2拍	I類	会う：あう 書く：かく 読む：よむ	あう・より かく・より よむ・より
		II類	見る：みる 出る：でる 得る：える	みる・より でる・より える・より
		III類	来る：くる	くる・より
	3拍	I類	歩く：あるく 話す：はなす 休む：やすむ	あるく・より はなす・より やすむ・より
			帰る：かえる	かえる・より
		II類	起きる：おきる 出来る：できる 降りる：おりる 食べる：たべる	おきる・より できる・より おりる・より たべる・より
	4拍	I類	手伝う：てつだう 集まる：あつまる 頑張る：がんばる	てつだう・より あつまる・より がんばる・より
		II類	答える：こたえる 　　　　こたえる 調べる：しらべる 疲れる：つかれる	こたえる・より こたえる・より しらべる・より つかれる・より

PS：亦有第二個重音核消失，整體合併為一體的唸法，如：「会うより」、「見るより」。

◎ 總整理

動詞語調說明

　　動詞本身的語調分成平板式（無核型）以及起伏式（有核型）兩種。3 拍的起伏式動詞，重音核一定落在第 2 拍；4 拍的起伏式動詞，重音核一定落在第 3 拍。僅有為數僅少的 3 拍起伏式動詞，重音核落在第 1 拍，如：「帰る（かえる）、通る（とおる）、入る（はいる）、参る（まいる）、返す（かえす）、通す（とおす）、申す（もおす）」... 等。這是因為這些動詞的第 2 拍，恰巧為二重母音特殊拍，因此才導致重音核前移 1 拍。本文的表格中，將這種二重母音特殊拍的動詞，用綠底呈現。

　　此外，如：「吹く（ふく）、隠す（かくす）」等尾高調的動詞，原本其實是符合上述規則的音調「吹く（ふく）、隠す（かくす）」，只不過剛好重音核落在了母音無聲化的音節，故重音核後移了 1 拍。但由於此現象近年來越來越不明顯，因此這一部分就不再列入本文表格中。

　　接續於動詞後方的附屬語，亦分成「平板式附屬語」以及「起伏式附屬語」兩種。「平板式附屬語」，指的就是這個附屬語本身並無重音核，本身為平板式的語調。「起伏式附屬語」，則是這個附屬語本身擁有重音核，本身為起伏式的語調。

① 動詞＋「平板式附屬語」時的情況 a.（「單純型」）
　　・平板式動詞＋平板式附屬語＝整體仍為平板式。
　　　買う：かう＋だけ＝かうだけ

　　・起伏式動詞＋平板式附屬語＝重音核落在動詞原本的部分。
　　　飲む：のむ＋だけ＝のむだけ

符合上述規則的附屬語，有：だけ、ほど、た／だ、て／で、に ... 等。

② 動詞＋「平板式附屬語」時的情況 b.（「重音核插入型」）

- 平板式動詞＋平板式附屬語＝於動詞與附屬語間插入重音核。
  買う：かう＋が＝かうが

- 起伏式動詞＋平板式附屬語＝重音核落在動詞原本的部分。
  飲む：のむ＋が＝のむが

　　符合上述規則的附屬語，有：が、から、けれども、し、しか、って、と＊、なら、のだ、ので、のに … 等。（＊：有例外的情況，請參考本文）

③ 動詞＋「起伏式附屬語」時的情況 a.（「單純型」）

- 平板式動詞＋起伏式附屬語＝重音核落在附屬語原本的部分。
  買う：かう＋らしい＝かうらしい

- 起伏式動詞＋起伏式附屬語＝重音核分別落在動詞以及附屬語原本的部分。
  飲む：のむ＋らしい＝のむ・らしい
  PS：實際發音上，第二次的下降幅度會比第一次的下降幅度小。

　　符合上述規則的附屬語，有：ぐらい／くらい＊、そうだ（伝聞）、ばかり、まで、みたいだ、ようだ、より、らしい、たら／だら＊、たり／だり＊ … 等。（＊：有例外的情況，請參考本文）

④ 動詞＋「起伏式附屬語」時的情況 b.（「重音核插入型」）

- 平板式動詞＋起伏式附屬語＝於動詞與附屬語間插入重音核，並保有附屬語原本的重音核。亦有僅保有附屬語重音核的唸法。
  買う：かう＋だろう＝かう・だろう
  　　　　　　　　＝かうだろう

- 起伏式動詞＋起伏式附屬語＝重音核分別落在動詞以及附屬語原本的部分。
  亦有僅保有附屬語重音核的唸法。
  飲む：のむ＋だろう＝のむ・だろう
  　　　　　　　　　　＝のむだろう
  PS：實際發音上，第二次的下降幅度會比第一次的下降幅度小。

符合上述規則的附屬語，有：だろう、でしょう

⑤ 式保存型的情況

所謂的「式保存型」，指的就是無論附屬語的部分為平板式或起伏式，只要動詞部分是平板式，整體就會是平板式。只要動詞是起伏式，則整體就會是起伏式。

- 平板式動詞＋平板式附屬語（さ）せる＝整體仍為平板式。
  買う：かう＋（さ）せる＝かわせる
- 起伏式動詞＋平板式附屬語（さ）せる＝重音核後移至附屬語部分。
  飲む：のむ＋（さ）せる＝のませる
- 平板式動詞＋起伏式附屬語そうだ（樣態）＝整體仍為平板式。
  買う：かう＋そうだ＝かいそうだ
- 起伏式動詞＋起伏式附屬語そうだ（樣態）＝重音核落在附屬語原本的部分。
  飲む：のむ＋そうだ＝のみそうだ

符合上述規則的附屬語，有：（さ）せる、（さ）せない、そうだ（樣態）、たい*、ながら*、（ら）れる…等。（*：有例外的情況，請參考本文）

⑥ 附屬語決定型

所謂的「附屬語決定型」，指的就是無論動詞部分為平板式或起伏式，整體的重音核一律落在附屬語原本的部分。另外，此型的附屬語，一定是起伏式的附屬語。

- 平板式動詞＋起伏式附屬語ます＝重音核落在附屬語原本的部分。
  買う：かう＋ます＝かいます
- 起伏式動詞＋起伏式附屬語ます＝重音核落在附屬語原本的部分。
  飲む：のむ＋ます＝のみます

符合上述規則的附屬語，有：ます、ません、ました、ませんでした、（よ）う＊、たかった、たがる、たがらない、たくて、たければ、なさい、にくい、やすい…等。
(＊：有例外的情況，請參考本文)

⑦ 附屬語為「〜ない」的情況

- 平板式動詞＋「ない（終止形）」＝整體仍為平板式。
  買う：かう＋ない＝かわない
- 起伏式動詞＋平板式附屬語＝重音核落在動詞與ない之間。
  飲む：のむ＋ない＝のまない

- 平板式動詞＋「ないで」＝重音核落在附屬語「ない」原本的位置。
  買う：かう＋ないで＝かわないで
- 起伏式動詞＋「ないで」＝重音核落在動詞與ない之間。
  飲む：のむ＋ないで＝のまないで
  PS：「なくて、なかった、なければ」與「ないで」相同。

Memo

part 2

イ形容詞的語調

056. イ形容詞ない的語調

「平板式」イ形容詞接續「ない」時，重音核落在「な」：

平板式	3拍	赤い ：あかい 重い ：おもい 暗い ：くらい	あかくない おもくない くらくない
	4拍	冷たい：つめたい 危ない：あぶない	つめたくない あぶなくない
		優しい：やさしい 悲しい：かなしい	やさしくない かなしくない
	5拍	難しい：むずかしい	むずかしくない

「起伏式」イ形容詞接續「ない」時，形容詞部分的重音核在原本位置不變、以及「な」的位置：

起伏式	2拍	濃い　：こい 良い　：よい 無い　：ない	こく・ない よく・ない なく・ない
	3拍	青い　：あおい 旨い　：うまい 惜しい：おしい	あおく・ない うまく・ない おしく・ない
		多い　：おおい	おおく・ない
	4拍	短い　：みじかい 可愛い：かわいい 楽しい：たのしい	みじかく・ない かわいく・ない たのしく・ない
		大きい：おおきい	おおきく・ない
	5拍	面白い：おもしろい 暖かい：あたたかい 新しい：あたらしい	おもしろく・ない あたたかく・ない あたらしく・ない

PS：「多い」與「大きい」為特殊音拍的音節，加上「ない」後重音核落在第一拍。「小さい」則是有「ちいさく・ない」、「ちいさく・ない」兩種唸法。

PS：3拍以上的イ形容詞，亦有イ形容詞部分重音核往前移一拍的唸法。如：「あおく・ない」、「みじかく・ない」、「おもしろく・ない」。尤其是3拍形容詞，使用此唸法的傾向最強。但因為「すっぱく・ない」一詞，若將重音核往前移一拍，則重音核會落在促音上，因此它不會重音核前移一拍「（×）すっぱく・ない」的唸法。

057. イ形容詞なかった的語調

「平板式」イ形容詞接續「なかった」時，重音核落在「な」：

平板式	3拍	赤い　：あかい 重い　：おもい 暗い　：くらい	あかくなかった おもくなかった くらくなかった
	4拍	冷たい：つめたい 危ない：あぶない	つめたくなかった あぶなくなかった
		優しい：やさしい 悲しい：かなしい	やさしくなかった かなしくなかった
	5拍	難しい：むずかしい	むずかしくなかった

「起伏式」イ形容詞接續「なかった」時，形容詞部分的重音核在原本位置不變、以及「な」的位置：

起伏式	2拍	濃い　：こい 良い　：よい 無い　：ない	こく・なかった よく・なかった なく・なかった
	3拍	青い　：あおい 旨い　：うまい 惜しい：おしい	あおく・なかった うまく・なかった おしく・なかった
		多い　：おおい	おおく・なかった
	4拍	短い　：みじかい 可愛い：かわいい 楽しい：たのしい	みじかく・なかった かわいく・なかった たのしく・なかった
		大きい：おおきい	おおきく・なかった
	5拍	面白い：おもしろい 暖かい：あたたかい 新しい：あたらしい	おもしろく・なかった あたたかく・なかった あたらしく・なかった

PS：「多い」與「大きい」為特殊音拍的音節，加上「なかった」後重音核落在第一拍。「小さい」則是有「ちいさく・なかった」、「ちいさく・なかった」兩種唸法。

PS：3拍以上的イ形容詞，亦有イ形容詞部分重音核往前移一拍的唸法。如：「あおく・なかった」、「みじかく・なかった」、「おもしろく・なかった」。尤其是3拍形容詞，使用此唸法的傾向最強。但因為「すっぱく・なかった」一詞，若將重音核往前移一拍，則重音核會落在促音上，因此它不會重音核前移一拍「（×）すっぱく・なかった」的唸法。

058. イ形容詞なくて的語調

「平板式」イ形容詞接續「なくて」時，重音核落在「な」：

平板式	3拍	赤い ：あかい 重い ：おもい 暗い ：くらい	あかくなくて おもくなくて くらくなくて
	4拍	冷たい：つめたい 危ない：あぶない	つめたくなくて あぶなくなくて
		優しい：やさしい 悲しい：かなしい	やさしくなくて かなしくなくて
	5拍	難しい：むずかしい	むずかしくなくて

「起伏式」イ形容詞接續「なくて」時，形容詞部分的重音核在原本位置不變、以及「な」的位置：

起伏式	2拍	濃い ：こい 良い ：よい 無い ：ない	こく・なくて よく・なくて なく・なくて
	3拍	青い ：あおい 旨い ：うまい 惜しい：おしい	あおく・なくて うまく・なくて おしく・なくて
		多い ：おおい	おおく・なくて
	4拍	短い ：みじかい 可愛い：かわいい 楽しい：たのしい	みじかく・なくて かわいく・なくて たのしく・なくて
		大きい：おおきい	おおきく・なくて
	5拍	面白い：おもしろい 暖かい：あたたかい 新しい：あたらしい	おもしろく・なくて あたたかく・なくて あたらしく・なくて

PS：「多い」與「大きい」為特殊音拍的音節，加上「なくて」後重音核落在第一拍。「小さい」則是有「ちいさく・なくて」、「ちいさく・なくて」兩種唸法。

PS：3拍以上的イ形容詞，亦有イ形容詞部分重音核往前移一拍的唸法。如：「あおく・なくて」、「みじかく・なくて」、「おもしろく・なくて」。尤其是3拍形容詞，使用此唸法的傾向最強。但因為「すっぱく・なくて」一詞，若將重音核往前移一拍，則重音核會落在促音上，因此它不會重音核前移一拍「（✕）すっぱく・なくて」的唸法。

059. イ形容詞なければ的語調

「平板式」イ形容詞接續「なければ」時，重音核落在「な」：

平板式	3拍	赤い ：あかい 重い ：おもい 暗い ：くらい	あかくなければ おもくなければ くらくなければ
	4拍	冷たい：つめたい 危ない：あぶない	つめたくなければ あぶなくなければ
		優しい：やさしい 悲しい：かなしい	やさしくなければ かなしくなければ
	5拍	難しい：むずかしい	むずかしくなければ

「起伏式」イ形容詞接續「なければ」時，形容詞部分的重音核在原本位置不變、以及「な」的位置：

起伏式	2拍	濃い　　：こい 良い　　：よい 無い　　：ない	こく・なければ よく・なければ なく・なければ
	3拍	青い　　：あおい 旨い　　：うまい 惜しい：おしい	あおく・なければ うまく・なければ おしく・なければ
		多い　　：おおい	おおく・なければ
	4拍	短い　　：みじかい 可愛い：かわいい 楽しい：たのしい	みじかく・なければ かわいく・なければ たのしく・なければ
		大きい：おおきい	おおきく・なければ
	5拍	面白い：おもしろい 暖かい：あたたかい 新しい：あたらしい	おもしろく・なければ あたたかく・なければ あたらしく・なければ

PS：「多い」與「大きい」為特殊音拍的音節，加上「なければ」後重音核落在第一拍。「小さい」則是有「ちいさく・なければ」、「ちいさく・なければ」兩種唸法。

PS：3拍以上的イ形容詞，亦有イ形容詞部分重音核往前移一拍的唸法。如：「あおく・なければ」、「みじかく・なければ」、「おもしろく・なければ」。尤其是 3 拍形容詞，使用此唸法的傾向最強。但因為「すっぱく・なければ」一詞，若將重音核往前移一拍，則重音核會落在促音上，因此它不會重音核前移一拍「（×）すっぱく・なければ」的唸法。

060. イ形容詞です的語調

「平板式」イ形容詞接續「です」時，重音核落在イ形容詞最末音節：

平板式	3拍	赤い ：あかい 重い ：おもい 暗い ：くらい	あかいです おもいです くらいです
	4拍	冷たい：つめたい 危ない：あぶない	つめたいです あぶないです
		優しい：やさしい 悲しい：かなしい	やさしいです かなしいです
	5拍	難しい：むずかしい	むずかしいです

PS：平板式イ形容詞，亦有イ形容詞部分重音核往前移一拍的唸法。如：「あかいです」、「つめたいです」、「やさしいです」。比起上表的唸法，反倒使用此唸法的傾向更強。

「起伏式」イ形容詞接續「です」時，形容詞部分的重音核在原本位置不變：

起伏式	2拍	濃い　：こい 良い　：よい 無い　：ない	こいです よいです ないです
	3拍	青い　：あおい 旨い　：うまい 惜しい：おしい	あおいです うまいです おしいです
		多い　：おおい	おおいです
	4拍	短い　：みじかい 可愛い：かわいい 楽しい：たのしい	みじかいです かわいいです たのしいです
		大きい：おおきい	おおきいです
	5拍	面白い：おもしろい 暖かい：あたたかい 新しい：あたらしい	おもしろいです あたたかいです あたらしいです

061. イ形容詞でしょう的語調

「平板式」イ形容詞接續「でしょう」時，重音核落在イ形容詞最末音節、以及「しょ」的位置：

平板式	3拍	赤い　：あかい 重い　：おもい 暗い　：くらい	あかい・でしょう おもい・でしょう くらい・でしょう
	4拍	冷たい：つめたい 危ない：あぶない	つめたい・でしょう あぶない・でしょう
		優しい：やさしい 悲しい：かなしい	やさしい・でしょう かなしい・でしょう
	5拍	難しい：むずかしい	むずかしい・でしょう

PS：平板式イ形容詞，亦有イ形容詞部分重音核往前移一拍的唸法。如：「あかい・でしょう」、「つめたい・でしょう」、「やさしい・でしょう」。

PS：平板式イ形容詞，亦有第一個重音核消失，整體合併為一體的唸法。如：「あかいでしょう」、「つめたいでしょう」、「やさしいでしょう」。

「起伏式」イ形容詞接續「でしょう」時，形容詞部分的重音核在原本位置不變、以及「しょ」的位置：

起伏式	2拍	濃い ：こい 良い ：よい 無い ：ない	こい・でしょう よい・でしょう ない・でしょう
	3拍	青い ：あおい 旨い ：うまい 惜しい：おしい	あおい・でしょう うまい・でしょう おしい・でしょう
		多い ：おおい	おおい・でしょう
	4拍	短い ：みじかい 可愛い：かわいい 楽しい：たのしい	みじかい・でしょう かわいい・でしょう たのしい・でしょう
		大きい：おおきい	おおきい・でしょう
	5拍	面白い：おもしろい 暖かい：あたたかい 新しい：あたらしい	おもしろい・でしょう あたたかい・でしょう あたらしい・でしょう

PS：起伏式イ形容詞，亦有第二個重音核消失，整體合併為一體的唸法。如：「こいでしょう」、「あおいでしょう」、「みじかいでしょう」。

062. イ形容詞だろう的語調

「平板式」イ形容詞接續「だろう」時，重音核落在イ形容詞最末音節、以及「ろ」的位置：

平板式	3拍	赤い ：あかい 重い ：おもい 暗い ：くらい	あかい・だろう おもい・だろう くらい・だろう
	4拍	冷たい：つめたい 危ない：あぶない	つめたい・だろう あぶない・だろう
		優しい：やさしい 悲しい：かなしい	やさしい・だろう かなしい・だろう
	5拍	難しい：むずかしい	むずかしい・だろう

PS：平板式イ形容詞，亦有イ形容詞部分重音核往前移一拍的唸法。如：「あかい・だろう」、「つめたい・だろう」、「やさしい・だろう」。

PS：平板式イ形容詞，亦有第一個重音核消失，整體合併為一體的唸法。如：「あかいだろう」、「つめたいだろう」、「やさしいだろう」。

「起伏式」イ形容詞接續「だろう」時，形容詞部分的重音核在原本位置不變、以及「ろ」的位置：

起伏式	2拍	濃い　：こい 良い　：よい 無い　：ない	こい・だろう よい・だろう ない・だろう
	3拍	青い　：あおい 旨い　：うまい 惜しい：おしい	あおい・だろう うまい・だろう おしい・だろう
		多い　：おおい	おおい・だろう
	4拍	短い　：みじかい 可愛い：かわいい 楽しい：たのしい	みじかい・だろう かわいい・だろう たのしい・だろう
		大きい：おおきい	おおきい・だろう
	5拍	面白い：おもしろい 暖かい：あたたかい 新しい：あたらしい	おもしろい・だろう あたたかい・だろう あたらしい・だろう

PS：起伏式イ形容詞，亦有第二個重音核消失，整體合併為一體的唸法。如：「こいだろう」、「あおいだろう」、「みじかいだろう」。

063. イ形容詞て形的語調

「平板式」イ形容詞接續「て」時，重音核落在倒數第二音節：

平板式	3拍	赤い：あかい 重い：おもい 暗い：くらい	あかくて おもくて くらくて
	4拍	冷たい：つめたい 危ない：あぶない	つめたくて あぶなくて
		優しい：やさしい 悲しい：かなしい	やさしくて かなしくて
	5拍	難しい：むずかしい	むずかしくて

PS：「しい」結尾的イ形容詞，由於重音核正巧落在母音無聲化的「し」上面，因此亦有重音核往前移一拍的唸法。如：「やさしくて」、「かなしくて」、「むずかしくて」。

「起伏式」イ形容詞接續「て」時，形容詞部分的重音核在原本位置不變：

起伏式	2拍	濃い　：こい 良い　：よい 無い　：ない	こくて よくて なくて
	3拍	青い　：あおい 旨い　：うまい 惜しい：おしい	あおくて うまくて おしくて
		多い　：おおい	おおくて
	4拍	短い　：みじかい 可愛い：かわいい 楽しい：たのしい	みじかくて かわいくて たのしくて
		大きい：おおきい	おおきくて
	5拍	面白い：おもしろい 暖かい：あたたかい 新しい：あたらしい	おもしろくて あたたかくて あたらしくて

PS：「多い」與「大きい」為特殊音拍的音節，加上「て」後重音核落在第一拍。
　　「小さい」則是有「ちいさくて」、「ちいさくて」兩種唸法。
PS：3拍以上的イ形容詞，亦有イ形容詞部分重音核往前移一拍的唸法。如：「あおくて」、「みじかくて」、「おもしろくて」。尤其是3拍形容詞，使用此唸法的傾向最強。但因為「すっぱくて」一詞，若將重音核往前移一拍，則重音核會落在促音上，因此它不會重音核前移一拍「（×）すっぱくて」的唸法。

064. イ形容詞ても的語調

「平板式」イ形容詞接續「ても」時，重音核落在倒數第三音節：

平板式	3拍	赤い　：あかい 重い　：おもい 暗い　：くらい	あかくても おもくても くらくても
	4拍	冷たい：つめたい 危ない：あぶない	つめたくても あぶなくても
		優しい：やさしい 悲しい：かなしい	やさしくても かなしくても
	5拍	難しい：むずかしい	むずかしくても

PS：「しい」結尾的イ形容詞，由於重音核正巧落在母音無聲化的「し」上面，因此亦有重音核往前移一拍的唸法。如：「やさしくても」、「かなしくても」、「むずかしくても」。

「起伏式」イ形容詞接續「ても」時，形容詞部分的重音核在原本位置不變：

起伏式	2拍	濃い ：こい 良い ：よい 無い ：ない	こくても よくても なくても
	3拍	青い ：あおい 旨い ：うまい 惜しい：おしい	あおくても うまくても おしくても
		多い ：おおい	おおくても
	4拍	短い ：みじかい 可愛い：かわいい 楽しい：たのしい	みじかくても かわいくても たのしくても
		大きい：おおきい	おおきくても
	5拍	面白い：おもしろい 暖かい：あたたかい 新しい：あたらしい	おもしろくても あたたかくても あたらしくても

PS：「多い」與「大きい」為特殊音拍的音節，加上「ても」後重音核落在第一拍。「小さい」則是有「ちいさくても」、「ちいさくても」兩種唸法。

PS：3拍以上的イ形容詞，亦有イ形容詞部分重音核往前移一拍的唸法。如：「あおくても」、「みじかくても」、「おもしろくても」。尤其是3拍形容詞，使用此唸法的傾向最強。但因為「すっぱくても」一詞，若將重音核往前移一拍，則重音核會落在促音上，因此它不會重音核前移一拍「（×）すっぱくても」的唸法。

065. イ形容詞ては的語調

「平板式」イ形容詞接續「ては」時，重音核落在倒數第三音節：

平板式	3拍	赤い：あかい 重い：おもい 暗い：くらい	あかくては おもくては くらくては
	4拍	冷たい：つめたい 危ない：あぶない	つめたくては あぶなくては
		優しい：やさしい 悲しい：かなしい	やさしくては かなしくては
	5拍	難しい：むずかしい	むずかしくては

PS：「しい」結尾的イ形容詞，由於重音核正巧落在母音無聲化的「し」上面，因此亦有重音核往前移一拍的唸法。如：「やさしくては」、「かなしくては」、「むずかしくては」。

「起伏式」イ形容詞接續「ては」時，形容詞部分的重音核在原本位置不變：

起伏式	2拍	濃い　：こい 良い　：よい 無い　：ない	こくては よくては なくては
	3拍	青い　：あおい 旨い　：うまい 惜しい：おしい	あおくては うまくては おしくては
		多い　：おおい	おおくては
	4拍	短い　：みじかい 可愛い：かわいい 楽しい：たのしい	みじかくては かわいくては たのしくては
		大きい：おおきい	おおきくては
	5拍	面白い：おもしろい 暖かい：あたたかい 新しい：あたらしい	おもしろくては あたたかくては あたらしくては

PS：「多い」與「大きい」為特殊音拍的音節，加上「ては」後重音核落在第一拍。
　　「小さい」則是有「ちいさくては」、「ちいさくては」兩種唸法。
PS：3拍以上的イ形容詞，亦有イ形容詞部分重音核往前移一拍的唸法。如：「あおくては」、「みじかくては」、「おもろくては」。尤其是3拍形容詞，使用此唸法的傾向最強。但因為「すっぱくては」一詞，若將重音核往前移一拍，則重音核會落在促音上，因此它不會重音核前移一拍「（×）すっぱくては」的唸法。

066. イ形容詞た形的語調

「平板式」イ形容詞接續「た」時，重音核落在倒數第三音節：

平板式	3拍	赤い　：あかい 重い　：おもい 暗い　：くらい	あかかった おもかった くらかった
	4拍	冷たい：つめたい 危ない：あぶない	つめたかった あぶなかった
		優しい：やさしい 悲しい：かなしい	やさしかった かなしかった
	5拍	難しい：むずかしい	むずかしかった

PS：「しい」結尾的イ形容詞，由於重音核正巧落在母音無聲化的「し」上面，因此亦有重音核往前移一拍的唸法。如：「やさしかった」、「かなしかった」、「むずかしかった」。

「起伏式」イ形容詞接續「た」時，形容詞部分的重音核在原本位置不變：

起伏式	2拍	濃い　：こい 良い　：よい 無い　：ない	こかった よかった なかった
	3拍	青い　：あおい 旨い　：うまい 惜しい：おしい	あおかった うまかった おしかった
		多い　：おおい	おおかった
	4拍	短い　：みじかい 可愛い：かわいい 楽しい：たのしい	みじかかった かわいかった たのしかった
		大きい：おおきい	おおきかった
	5拍	面白い：おもしろい 暖かい：あたたかい 新しい：あたらしい	おもしろかった あたたかかった あたらしかった

PS：「多い」與「大きい」為特殊音拍的音節，加上「かった」後重音核落在第一拍。
　　「小さい」則是有「ちいさかった」、「ちいさかった」兩種唸法。

PS：3拍以上的イ形容詞，亦有イ形容詞部分重音核往前移一拍的唸法。如：「あおかった」、「みじかかった」、「おもしろかった」。尤其是3拍形容詞，使用此唸法的傾向最強。但因為「すっぱかった」一詞，若將重音核往前移一拍，則重音核會落在促音上，因此它不會重音核前移一拍「（×）すっぱかった」的唸法。

067. イ形容詞たら的語調

「平板式」イ形容詞接續「たら」時，重音核落在倒數第四音節：

平板式	3拍	赤い ：あかい 重い ：おもい 暗い ：くらい	あかかったら おもかったら くらかったら
	4拍	冷たい：つめたい 危ない：あぶない	つめたかったら あぶなかったら
		優しい：やさしい 悲しい：かなしい	やさしかったら かなしかったら
	5拍	難しい：むずかしい	むずかしかったら

PS：「しい」結尾的イ形容詞，由於重音核正巧落在母音無聲化的「し」上面，因此亦有重音核往前移一拍的唸法。如：「やさしかったら」、「かなしかったら」、「むずかしかったら」。

「起伏式」イ形容詞接續「たら」時，形容詞部分的重音核在原本位置不變：

起伏式	2拍	濃い ：こい 良い ：よい 無い ：ない	こかったら よかったら なかったら
	3拍	青い ：あおい 旨い ：うまい 惜しい：おしい	あおかったら うまかったら おしかったら
		多い ：おおい	おおかったら
	4拍	短い ：みじかい 可愛い：かわいい 楽しい：たのしい	みじかかったら かわいかったら たのしかったら
		大きい：おおきい	おおきかったら
	5拍	面白い：おもしろい 暖かい：あたたかい 新しい：あたらしい	おもしろかったら あたたかかったら あたらしかったら

PS：「多い」與「大きい」為特殊音拍的音節，加上「かったら」後重音核落在第一拍。「小さい」則是有「ちいさかったら」、「ちいさかったら」兩種唸法。

PS：3拍以上的イ形容詞，亦有イ形容詞部分重音核往前移一拍的唸法。如：「あおかったら」、「みじかかったら」、「おもしろかったら」。尤其是3拍形容詞，使用此唸法的傾向最強。但因為「すっぱかったら」一詞，若將重音核往前移一拍，則重音核會落在促音上，因此它不會重音核前移一拍「（×）すっぱかったら」的唸法。

068. イ形容詞たり的語調

「平板式」イ形容詞接續「たり」時，重音核落在倒數第四音節：

平板式	3拍	赤い：あかい 重い：おもい 暗い：くらい	あかかったり おもかったり くらかったり
	4拍	冷たい：つめたい 危ない：あぶない	つめたかったり あぶなかったり
		優しい：やさしい 悲しい：かなしい	やさしかったり かなしかったり
	5拍	難しい：むずかしい	むずかしかったり

PS：「しい」結尾的イ形容詞，由於重音核正巧落在母音無聲化的「し」上面，因此亦有重音核往前移一拍的唸法。如：「やさしかったり」、「かなしかったり」、「むずかしかったり」。

「起伏式」イ形容詞接續「たり」時，形容詞部分的重音核在原本位置不變：

起伏式	2拍	濃い：こい 良い：よい 無い：ない	こかったり よかったり なかったり
	3拍	青い：あおい 旨い：うまい 惜しい：おしい	あおかったり うまかったり おしかったり
		多い：おおい	おおかったら
	4拍	短い：みじかい 可愛い：かわいい 楽しい：たのしい	みじかかったり かわいかったり たのしかったり
		大きい：おおきい	おおきかったら
	5拍	面白い：おもしろい 暖かい：あたたかい 新しい：あたらしい	おもしろかったり あたたかかったり あたらしかったり

PS：「多い」與「大きい」為特殊音拍的音節，加上「かったり」後重音核落在第一拍。「小さい」則是有「ちいさかったり」、「ちいさかったり」兩種唸法。

PS：3拍以上的イ形容詞，亦有イ形容詞部分重音核往前移一拍的唸法。如：「あおかったり」、「みじかかったり」、「おもしろかったり」。尤其是3拍形容詞，使用此唸法的傾向最強。但因為「すっぱかったり」一詞，若將重音核往前移一拍，則重音核會落在促音上，因此它不會重音核前移一拍「（×）すっぱかったり」的唸法。

069. イ形容詞なら的語調

「平板式」イ形容詞接續「なら」時，重音核落在イ形容詞最末音節：

平板式	3拍	赤い ：あかい 重い ：おもい 暗い ：くらい	あかいなら おもいなら くらいなら
	4拍	冷たい：つめたい 危ない：あぶない	つめたいなら あぶないなら
		優しい：やさしい 悲しい：かなしい	やさしいなら かなしいなら
	5拍	難しい：むずかしい	むずかしいなら

PS：平板式イ形容詞，亦有イ形容詞部分重音核往前移一拍的唸法。如：「あかいなら」、「つめたいなら」、「やさしいなら」。
比起上表的唸法，反倒使用此唸法的傾向更強。

「起伏式」イ形容詞接續「なら」時，形容詞部分的重音核在原本位置不變：

起伏式	2拍	濃い ：こい 良い ：よい 無い ：ない	こいなら よいなら ないなら
	3拍	青い ：あおい 旨い ：うまい 惜しい：おしい	あおいなら うまいなら おしいなら
		多い ：おおい	おおいなら
	4拍	短い ：みじかい 可愛い：かわいい 楽しい：たのしい	みじかいなら かわいいなら たのしいなら
		大きい：おおきい	おおきいなら
	5拍	面白い：おもしろい 暖かい：あたたかい 新しい：あたらしい	おもしろいなら あたたかいなら あたらしいなら

070. イ形容詞条件形ければ的語調

「平板式」イ形容詞接續「ければ」時，重音核落在倒數第三音節：

平板式	3拍	赤い：あかい 重い：おもい 暗い：くらい	あかければ おもければ くらければ
	4拍	冷たい：つめたい 危ない：あぶない	つめたければ あぶなければ
		優しい：やさしい 悲しい：かなしい	やさしければ かなしければ
	5拍	難しい：むずかしい	むずかしければ

PS：「しい」結尾的イ形容詞，由於重音核正巧落在母音無聲化的「し」上面，因此亦有重音核往前移一拍的唸法。如：「やさしければ」、「かなしければ」、「むずかしければ」。

「起伏式」イ形容詞接續「ければ」時，形容詞部分的重音核在原本位置不變：

起伏式	2拍	濃い ：こい 良い ：よい 無い ：ない	こければ よければ なければ
	3拍	青い ：あおい 旨い ：うまい 惜しい：おしい	あおければ うまければ おしければ
		多い ：おおい	おおければ
	4拍	短い ：みじかい 可愛い：かわいい 楽しい：たのしい	みじかければ かわいければ たのしければ
		大きい：おおきい	おおきければ
	5拍	面白い：おもしろい 暖かい：あたたかい 新しい：あたらしい	おもしろければ あたたかければ あたらしければ

PS：「多い」與「大きい」為特殊音拍的音節，加上「ければ」後重音核落在第一拍。
「小さい」則是有「ちいさければ」、「ちいさければ」兩種唸法。

PS：3拍以上的イ形容詞，亦有イ形容詞部分重音核往前移一拍的唸法。如：「あおければ」、「みじかければ」、「おもしろければ」。尤其是3拍形容詞，使用此唸法的傾向最強。但因為「すっぱければ」一詞，若將重音核往前移一拍，則重音核會落在促音上，因此它不會重音核前移一拍「（×）すっぱければ」的唸法。

071. イ形容詞語幹そうだ（樣態）的語調

「平板式」イ形容詞接續「そうだ」時，整體仍為平板式：

平板式	3拍	甘い ：あまい 重い ：おもい 暗い ：くらい	あまそうだ おもそうだ くらそうだ
	4拍	冷たい：つめたい 危ない：あぶない	つめたそうだ あぶなそうだ
		優しい：やさしい 悲しい：かなしい	やさしそうだ かなしそうだ
	5拍	難しい：むずかしい	むずかしそうだ

PS：文法制約上，「赤い」無法接續「そうだ（樣態）」，故此處以「甘い」替代。

「起伏式」イ形容詞接續「そうだ」時，重音核落在「そ」：

起伏式	2拍	濃い：こい 良い：よい 無い：ない	こそうだ よさそうだ なさそうだ
	3拍	青い：あおい 旨い：うまい 惜しい：おしい	あおそうだ * うまそうだ おしそうだ *
		多い：おおい	おおそうだ
	4拍	短い：みじかい 可愛い：かわいい 楽しい：たのしい	みじかそうだ かわいそうだ * たのしそうだ
		大きい：おおきい	おおきそうだ *
	5拍	面白い：おもしろい 暖かい：あたたかい 新しい：あたらしい	おもしろそうだ あたたかそうだ あたらしそうだ *

PS：文法制約上，「良い」與「無い」接續「そうだ（樣態）」時，會插入「さ」。

072. イ形容詞終止形らしい的語調

「平板式」イ形容詞接續「らしい」時，重音核落在「し」：

平板式	3拍	赤い：あかい 重い：おもい 暗い：くらい	あかいらしい おもいらしい くらいらしい
	4拍	冷たい：つめたい 危ない：あぶない	つめたいらしい あぶないらしい
		優しい：やさしい 悲しい：かなしい	やさしいらしい かなしいらしい
	5拍	難しい：むずかしい	むずかしいらしい

「起伏式」イ形容詞接續「らしい」時，形容詞部分的重音核在原本位置不變、以及「し」的位置：

起伏式	2拍	濃い　：こい 良い　：よい 無い　：ない	こい・らしい よい・らしい ない・らしい
	3拍	青い　：あおい 旨い　：うまい 惜しい：おしい	あおい・らしい うまい・らしい おしい・らしい
		多い　：おおい	おおい・らしい
	4拍	短い　：みじかい 可愛い：かわいい 楽しい：たのしい	みじかい・らしい かわいい・らしい たのしい・らしい
		大きい：おおきい	おおきい・らしい
	5拍	面白い：おもしろい 暖かい：あたたかい 新しい：あたらしい	おもしろい・らしい あたたかい・らしい あたらしい・らしい

PS：亦有第一個重音核消失，整體合併為一體的唸法，如：「濃いらしい」、「青いらしい」、「短いらしい」。

073. イ形容詞終止形そうだ的語調

「平板式」イ形容詞接續「そうだ」時，重音核落在「そ」：

平板式	3拍	赤い ：あかい 重い ：おもい 暗い ：くらい	あかいそうだ おもいそうだ くらいそうだ
	4拍	冷たい：つめたい 危ない：あぶない	つめたいそうだ あぶないそうだ
		優しい：やさしい 悲しい：かなしい	やさしいそうだ かなしいそうだ
	5拍	難しい：むずかしい	むずかしいそうだ

「起伏式」イ形容詞接續「そうだ」時，形容詞部分的重音核在原本位置不變、以及「そ」的位置：

起伏式	2拍	濃い　：こい 良い　：よい 無い　：ない	こい・そうだ よい・そうだ ない・そうだ
	3拍	青い　：あおい 旨い　：うまい 惜しい：おしい	あおい・そうだ うまい・そうだ おしい・そうだ
		多い　：おおい	おおい・そうだ
	4拍	短い　：みじかい 可愛い：かわいい 楽しい：たのしい	みじかい・そうだ かわいい・そうだ たのしい・そうだ
		大きい：おおきい	おおきい・そうだ
	5拍	面白い：おもしろい 暖かい：あたたかい 新しい：あたらしい	おもしろい・そうだ あたたかい・そうだ あたらしい・そうだ

PS：亦有第二個重音核消失，整體合併為一體的唸法，如：「こいそうだ」、「あおいそうだ」、「みじかいそうだ」。

074. イ形容詞連体形ようだ的語調

「平板式」イ形容詞接續「ようだ」時，重音核落在「そ」：

平板式	3拍	赤い ：あかい 重い ：おもい 暗い ：くらい	あかいようだ おもいようだ くらいようだ
	4拍	冷たい：つめたい 危ない：あぶない	つめたいようだ あぶないようだ
		優しい：やさしい 悲しい：かなしい	やさしいようだ かなしいようだ
	5拍	難しい：むずかしい	むずかしいようだ

「起伏式」イ形容詞接續「ようだ」時，形容詞部分的重音核在原本位置不變、以及「そ」的位置：

起伏式	2拍	濃い：こい 良い：よい 無い：ない	こい・ようだ よい・ようだ ない・ようだ
	3拍	青い：あおい 旨い：うまい 惜しい：おしい	あおい・ようだ うまい・ようだ おしい・ようだ
		多い：おおい	おおい・ようだ
	4拍	短い：みじかい 可愛い：かわいい 楽しい：たのしい	みじかい・ようだ かわいい・ようだ たのしい・ようだ
		大きい：おおきい	おおきい・ようだ
	5拍	面白い：おもしろい 暖かい：あたたかい 新しい：あたらしい	おもしろい・ようだ あたたかい・ようだ あたらしい・ようだ

PS：亦有第二個重音核消失，整體合併為一體的唸法，如：「こいようだ」、「あおいようだ」、「みじかいようだ」。

075. イ形容詞連体形みたいだ的語調

「平板式」イ形容詞接續「みたいだ」時，重音核落在「み」：

平板式	3拍	赤い ：あかい 重い ：おもい 暗い ：くらい	あかいみたいだ おもいみたいだ くらいみたいだ
	4拍	冷たい：つめたい 危ない：あぶない	つめたいみたいだ あぶないみたいだ
		優しい：やさしい 悲しい：かなしい	やさしいみたいだ かなしいみたいだ
	5拍	難しい：むずかしい	むずかしいみたいだ

「起伏式」イ形容詞接續「みたいだ」時，形容詞部分的重音核在原本位置不變、以及「み」的位置：

起伏式	2拍	濃い ：こい 良い ：よい 無い ：ない	こい・みたいだ よい・みたいだ ない・みたいだ
	3拍	青い ：あおい 旨い ：うまい 惜しい：おしい	あおい・みたいだ うまい・みたいだ おしい・みたいだ
		多い ：おおい	おおい・みたいだ
	4拍	短い ：みじかい 可愛い：かわいい 楽しい：たのしい	みじかい・みたいだ かわいい・みたいだ たのしい・みたいだ
		大きい：おおきい	おおきい・みたいだ
	5拍	面白い：おもしろい 暖かい：あたたかい 新しい：あたらしい	おもしろい・みたいだ あたたかい・みたいだ あたらしい・みたいだ

PS：亦有第二個重音核消失，整體合併為一體的唸法，如：「こいみたいだ」、「あおいみたいだ」、「みじかいみたいだ」。

076. イ形容詞終止形～が（接続助詞）的語調

「平板式」イ形容詞接續「が」時，重音核落在イ形容詞最末音節：

平板式	3拍	赤い　：あかい 重い　：おもい 暗い　：くらい	あかいが おもいが くらいが
	4拍	冷たい：つめたい 危ない：あぶない	つめたいが あぶないが
		優しい：やさしい 悲しい：かなしい	やさしいが かなしいが
	5拍	難しい：むずかしい	むずかしいが

PS：平板式イ形容詞，亦有イ形容詞部分重音核往前移一拍的唸法。如：「あかいが」、「つめたいが」、「やさしいが」。
比起上表的唸法，反倒使用此唸法的傾向更強。

「起伏式」イ形容詞接續「が」時，形容詞部分的重音核在原本位置不變：

起伏式	2拍	濃い　：こ˥い 良い　：よ˥い 無い　：な˥い	こ˥いが よ˥いが な˥いが
	3拍	青い　：あお˥い 旨い　：うま˥い 惜しい：おし˥い	あお˥いが うま˥いが おし˥いが
		多い　：お˥おい	お˥おいが
	4拍	短い　：みじか˥い 可愛い：かわい˥い 楽しい：たの˥しい	みじか˥いが かわい˥いが たの˥しいが
		大きい：おお˥きい	おお˥きいが
	5拍	面白い：おもしろ˥い 暖かい：あたたか˥い 新しい：あたらし˥い	おもしろ˥いが あたたか˥いが あたらし˥いが

077. イ形容詞終止形〜し（接続助詞）的語調

「平板式」イ形容詞接續「し」時，重音核落在イ形容詞最末音節：

平板式	3拍	赤い　：あかい 重い　：おもい 暗い　：くらい	あかいし おもいし くらいし
	4拍	冷たい：つめたい 危ない：あぶない	つめたいし あぶないし
		優しい：やさしい 悲しい：かなしい	やさしいし かなしいし
	5拍	難しい：むずかしい	むずかしいし

PS：平板式イ形容詞，亦有イ形容詞部分重音核往前移一拍的唸法。如：「あかいし」、「つめたいし」、「やさしいし」。
比起上表的唸法，反倒使用此唸法的傾向更強。

「起伏式」イ形容詞接續「し」時，形容詞部分的重音核在原本位置不變：

起伏式	2拍	濃い：こ￣い 良い：よ￣い 無い：な￣い	こ￣いし よ￣いし な￣いし
	3拍	青い：あお￣い 旨い：うま￣い 惜しい：おし￣い	あお￣いし うま￣いし おし￣いし
		多い：お￣おい	お￣おいし
	4拍	短い：みじか￣い 可愛い：かわい￣い 楽しい：たのし￣い	みじか￣いし かわい￣いし たのし￣いし
		大きい：おお￣きい	おお￣きいし
	5拍	面白い：おもしろ￣い 暖かい：あたた￣かい 新しい：あたら￣しい	おもしろ￣いし あたた￣かいし あたら￣しいし

078. イ形容詞終止形〜から（接続助詞）的語調

「平板式」イ形容詞接續「から」時，重音核落在イ形容詞最末音節：

平板式	3拍	赤い　：あかい 重い　：おもい 暗い　：くらい	あかいから おもいから くらいから
	4拍	冷たい：つめたい 危ない：あぶない	つめたいから あぶないから
		優しい：やさしい 悲しい：かなしい	やさしいから かなしいから
	5拍	難しい：むずかしい	むずかしいから

PS：平板式イ形容詞，亦有イ形容詞部分重音核往前移一拍的唸法。如：「あかいから」、「つめたいから」、「やさしいから」。比起上表的唸法，反倒使用此唸法的傾向更強。

「起伏式」イ形容詞接續「から」時，形容詞部分的重音核在原本位置不變：

起伏式	2拍	濃い ：こい 良い ：よい 無い ：ない	こいから よいから ないから
	3拍	青い ：あおい 旨い ：うまい 惜しい：おしい	あおいから うまいから おしいから
		多い ：おおい	おおいから
	4拍	短い ：みじかい 可愛い：かわいい 楽しい：たのしい	みじかいから かわいいから たのしいから
		大きい：おおきい	おおきいから
	5拍	面白い：おもしろい 暖かい：あたたかい 新しい：あたらしい	おもしろいから あたたかいから あたらしいから

079. イ形容詞終止形〜けれども（接続助詞）的語調

「平板式」イ形容詞接續「けれども」時，重音核落在イ形容詞最末音節：

平板式	3拍	赤い：あかい 重い：おもい 暗い：くらい	あかいけれども おもいけれども くらいけれども
	4拍	冷たい：つめたい 危ない：あぶない	つめたいけれども あぶないけれども
		優しい：やさしい 悲しい：かなしい	やさしいけれども かなしいけれども
	5拍	難しい：むずかしい	むずかしいけれども

PS：平板式イ形容詞，亦有イ形容詞部分重音核往前移一拍的唸法。如：「あかいけれども」、「つめたいけれども」、「やさしいけれども」。比起上表的唸法，反倒使用此唸法的傾向更強。

「起伏式」イ形容詞接續「けれども」時，形容詞部分的重音核在原本位置不變：

起伏式	2拍	濃い　：こい 良い　：よい 無い　：ない	こいけれども よいけれども ないけれども
	3拍	青い　：あおい 旨い　：うまい 惜しい：おしい	あおいけれども うまいけれども おしいけれども
		多い　：おおい	おおいけれども
	4拍	短い　：みじかい 可愛い：かわいい 楽しい：たのしい	みじかいけれども かわいいけれども たのしいけれども
		大きい：おおきい	おおきいけれども
	5拍	面白い：おもしろい 暖かい：あたたかい 新しい：あたらしい	おもしろいけれども あたたかいけれども あたらしいけれども

080. イ形容詞終止形～と（接続助詞）的語調

「平板式」イ形容詞接續「と」時，重音核落在イ形容詞最末音節：

平板式	3拍	赤い：あかい 重い：おもい 暗い：くらい	あかいと おもいと くらいと
	4拍	冷たい：つめたい 危ない：あぶない	つめたいと あぶないと
		優しい：やさしい 悲しい：かなしい	やさしいと かなしいと
	5拍	難しい：むずかしい	むずかしいと

PS：平板式イ形容詞，亦有イ形容詞部分重音核往前移一拍的唸法。如：「あかいと」、「つめたいと」、「やさしいと」。
比起上表的唸法，反倒使用此唸法的傾向更強。
PS：「平板式」イ形容詞接續「と」時，亦有整體仍為平板式的唸法，如：「赤いと」、「冷たいと」、「やさしいと」。

「起伏式」イ形容詞接續「と」時，形容詞部分的重音核在原本位置不變：

起伏式	2拍	濃い：こい 良い：よい 無い：ない	こいと よいと ないと
	3拍	青い：あおい 旨い：うまい 惜しい：おしい	あおいと うまいと おしいと
		多い：おおい	おおいと
	4拍	短い：みじかい 可愛い：かわいい 楽しい：たのしい	みじかいと かわいいと たのしいと
		大きい：おおきい	おおきいと
	5拍	面白い：おもしろい 暖かい：あたたかい 新しい：あたらしい	おもしろいと あたたかいと あたらしいと

081. イ形容詞終止形〜って（接続助詞）的語調

「平板式」イ形容詞接續「って」時，重音核落在イ形容詞最末音節：

平板式	3拍	赤い　：あかい 重い　：おもい 暗い　：くらい	あかいって おもいって くらいって
	4拍	冷たい：つめたい 危ない：あぶない	つめたいって あぶないって
		優しい：やさしい 悲しい：かなしい	やさしいって かなしいって
	5拍	難しい：むずかしい	むずかしいって

PS：平板式イ形容詞，亦有イ形容詞部分重音核往前移一拍的唸法。如：「あかいって」、「つめたいって」、「やさしいって」。
比起上表的唸法，反倒使用此唸法的傾向更強。

「起伏式」イ形容詞接續「って」時，形容詞部分的重音核在原本位置不變：

起伏式	2拍	濃い　：こ＼い 良い　：よ＼い 無い　：な＼い	こ＼いって よ＼いって な＼いって
	3拍	青い　：あお＼い 旨い　：うま＼い 惜しい：おし＼い	あお＼いって うま＼いって おし＼いって
		多い　：お＼おい	お＼おいって
	4拍	短い　：みじか＼い 可愛い：かわい＼い 楽しい：たのし＼い	みじか＼いって かわい＼いって たのし＼いって
		大きい：おお＼きい	おお＼きいって
	5拍	面白い：おもしろ＼い 暖かい：あたた＼かい 新しい：あたらし＼い	おもしろ＼いって あたた＼かいって あたらし＼いって

082. イ形容詞連体形〜の（だ）（準体助詞）的語調

「平板式」イ形容詞接續「の（だ）」時，重音核落在イ形容詞最末音節：

平板式	3拍	赤い：あかい 重い：おもい 暗い：くらい	あかいの（だ） おもいの（だ） くらいの（だ）
	4拍	冷たい：つめたい 危ない：あぶない	つめたいの（だ） あぶないの（だ）
		優しい：やさしい 悲しい：かなしい	やさしいの（だ） かなしいの（だ）
	5拍	難しい：むずかしい	むずかしいの（だ）

PS：平板式イ形容詞，亦有イ形容詞部分重音核往前移一拍的唸法。如：「あかいの（だ）」、「つめたいの（だ）」、「やさしいの（だ）」。
比起上表的唸法，反倒使用此唸法的傾向更強。

「起伏式」イ形容詞接續「の（だ）」時，形容詞部分的重音核在原本位置不變：

起伏式	2拍	濃い：こい 良い：よい 無い：ない	こいの（だ） よいの（だ） ないの（だ）
	3拍	青い：あおい 旨い：うまい 惜しい：おしい	あおいの（だ） うまいの（だ） おしいの（だ）
		多い：おおい	おおいの（だ）
	4拍	短い：みじかい 可愛い：かわいい 楽しい：たのしい	みじかいの（だ） かわいいの（だ） たのしいの（だ）
		大きい：おおきい	おおきいの（だ）
	5拍	面白い：おもしろい 暖かい：あたたかい 新しい：あたらしい	おもしろいの（だ） あたたかいの（だ） あたらしいの（だ）

083. イ形容詞連体形～ので（接続助詞）的語調

「平板式」イ形容詞接續「ので」時，重音核落在イ形容詞最末音節：

平板式	3拍	赤い　：あかい 重い　：おもい 暗い　：くらい	あかいので おもいので くらいので
	4拍	冷たい：つめたい 危ない：あぶない	つめたいので あぶないので
		優しい：やさしい 悲しい：かなしい	やさしいので かなしいので
	5拍	難しい：むずかしい	むずかしいので

PS：平板式イ形容詞，亦有イ形容詞部分重音核往前移一拍的唸法。如：「あかいので」、「つめたいので」、「やさしいので」。
比起上表的唸法，反倒使用此唸法的傾向更強。

「起伏式」イ形容詞接續「ので」時，形容詞部分的重音核在原本位置不變：

起伏式	2拍	濃い：こい 良い：よい 無い：ない	こいので よいので ないので
	3拍	青い：あおい 旨い：うまい 惜しい：おしい	あおいので うまいので おしいので
		多い：おおい	おおいので
	4拍	短い：みじかい 可愛い：かわいい 楽しい：たのしい	みじかいので かわいいので たのしいので
		大きい：おおきい	おおきいので
	5拍	面白い：おもしろい 暖かい：あたたかい 新しい：あたらしい	おもしろいので あたたかいので あたらしいので

084. イ形容詞連体形〜のに（接続助詞）的語調

「平板式」イ形容詞接續「のに」時，重音核落在イ形容詞最末音節：

平板式	3拍	赤い　：あかい 重い　：おもい 暗い　：くらい	あかいのに おもいのに くらいのに
	4拍	冷たい：つめたい 危ない：あぶない	つめたいのに あぶないのに
		優しい：やさしい 悲しい：かなしい	やさしいのに かなしいのに
	5拍	難しい：むずかしい	むずかしいのに

PS：平板式イ形容詞，亦有イ形容詞部分重音核往前移一拍的唸法。如：「あかいのに」、「つめたいのに」、「やさしいのに」。
比起上表的唸法，反倒使用此唸法的傾向更強。

「起伏式」イ形容詞接續「のに」時，形容詞部分的重音核在原本位置不變：

起伏式	2拍	濃い　：こい 良い　：よい 無い　：ない	こいのに よいのに ないのに
	3拍	青い　：あおい 旨い　：うまい 惜しい：おしい	あおいのに うまいのに おしいのに
		多い　：おおい	おおいのに
	4拍	短い　：みじかい 可愛い：かわいい 楽しい：たのしい	みじかいのに かわいいのに たのしいのに
		大きい：おおきい	おおきいのに
	5拍	面白い：おもしろい 暖かい：あたたかい 新しい：あたらしい	おもしろいのに あたたかいのに あたらしいのに

085. イ形容詞連体形〜だけ的語調

「平板式」イ形容詞接續「だけ」時，整體仍為平板式：

平板式	3拍	赤い　：あかい 重い　：おもい 暗い　：くらい	あかいだけ おもいだけ くらいだけ
	4拍	冷たい：つめたい 危ない：あぶない	つめたいだけ あぶないだけ
		優しい：やさしい 悲しい：かなしい	やさしいだけ かなしいだけ
	5拍	難しい：むずかしい	むずかしいだけ

「起伏式」イ形容詞接續「だけ」時，形容詞部分的重音核在原本位置不變：

起伏式	2拍	濃い：こい 良い：よい 無い：ない	こいだけ よいだけ ないだけ
	3拍	青い：あおい 旨い：うまい 惜しい：おしい	あおいだけ うまいだけ おしいだけ
		多い：おおい	おおいだけ
	4拍	短い：みじかい 可愛い：かわいい 楽しい：たのしい	みじかいだけ かわいいだけ たのしいだけ
		大きい：おおきい	おおきいだけ
	5拍	面白い：おもしろい 暖かい：あたたかい 新しい：あたらしい	おもしろいだけ あたたかいだけ あたらしいだけ

086. イ形容詞連体形〜ばかり的語調

「平板式」イ形容詞接續「ばかり」時，重音核落在「ば」：

平板式	3拍	赤い ：あかい 重い ：おもい 暗い ：くらい	あかいばかり おもいばかり くらいばかり
	4拍	冷たい：つめたい 危ない：あぶない	つめたいばかり あぶないばかり
		優しい：やさしい 悲しい：かなしい	やさしいばかり かなしいばかり
	5拍	難しい：むずかしい	むずかしいばかり

「起伏式」イ形容詞接續「ばかり」時，形容詞部分的重音核在原本位置不變、以及「ば」的位置：

起伏式	2拍	濃い　：こい 良い　：よい 無い　：ない	こい・ばかり よい・ばかり ない・ばかり
	3拍	青い　：あおい 旨い　：うまい 惜しい：おしい	あおい・ばかり うまい・ばかり おしい・ばかり
		多い　：おおい	おおい・ばかり
	4拍	短い　：みじかい 可愛い：かわいい 楽しい：たのしい	みじかい・ばかり かわいい・ばかり たのしい・ばかり
		大きい：おおきい	おおきい・ばかり
	5拍	面白い：おもしろい 暖かい：あたたかい 新しい：あたらしい	おもしろい・ばかり あたたかい・ばかり あたらしい・ばかり

087. イ形容詞連体形〜ぐらい的語調

「平板式」イ形容詞接續「ぐらい／くらい」時，重音核落在「ぐ／く」：

平板式	3拍	赤い ：あかい 重い ：おもい 暗い ：くらい	あかいぐらい おもいぐらい くらいぐらい
	4拍	冷たい：つめたい 危ない：あぶない	つめたいぐらい あぶないぐらい
		優しい：やさしい 悲しい：かなしい	やさしいぐらい かなしいぐらい
	5拍	難しい：むずかしい	むずかしいぐらい

「起伏式」イ形容詞接續「ぐらい／くらい」時，形容詞部分的重音核在原本位置不變、以及「ぐ／く」的位置：

起伏式	2拍	濃い：こい 良い：よい 無い：ない	こい・ぐらい よい・ぐらい ない・ぐらい
	3拍	青い：あおい 旨い：うまい 惜しい：おしい	あおい・ぐらい うまい・ぐらい おしい・ぐらい
		多い：おおい	おおい・ぐらい
	4拍	短い：みじかい 可愛い：かわいい 楽しい：たのしい	みじかい・ぐらい かわいい・ぐらい たのしい・ぐらい
		大きい：おおきい	おおきい・ぐらい
	5拍	面白い：おもしろい 暖かい：あたたかい 新しい：あたらしい	おもしろい・ぐらい あたたかい・ぐらい あたらしい・ぐらい

PS：亦有第一個重音核消失，整體合併為一體的唸法，如：「こいぐらい」、「あおいぐらい」、「みじかいぐらい」。

088. イ形容詞連用中止形的語調

「平板式」イ形容詞其連用中止形，整體仍為平板式：

平板式	3拍	赤い ：あかい 重い ：おもい 暗い ：くらい	あかく おもく くらく
	4拍	冷たい：つめたい 危ない：あぶない	つめたく あぶなく
		優しい：やさしい 悲しい：かなしい	やさしく かなしく
	5拍	難しい：むずかしい	むずかしく

「起伏式」イ形容詞連用中止形，重音核在原本位置不變：

起伏式	2拍	濃い ：こい 良い ：よい 無い ：ない	こく よく なく
	3拍	青い ：あおい 旨い ：うまい 惜しい：おしい	あおく うまく おしく
		多い ：おおい	おおく
	4拍	短い ：みじかい 可愛い：かわいい 楽しい：たのしい	みじかく かわいく たのしく
		大きい：おおきい	おおきく
	5拍	面白い：おもしろい 暖かい：あたたかい 新しい：あたらしい	おもしろく あたたかく あたらしく

PS：「多い」與「大きい」為特殊音拍的音節，其連用中止形重音核落在第一拍。
「小さい」則是有「ちいさく」、「ちいさく」兩種唸法。

PS：3拍以上的イ形容詞，亦有イ形容詞部分重音核往前移一拍的唸法。如：「あおく」、「みじかく」、「おもしろく」。尤其是3拍形容詞，使用此唸法的傾向最強。但因為「すっぱく」一詞，若將重音核往前移一拍，則重音核會落在促音上，因此它不會重音核前移一拍「（×）すっぱく」的唸法。

089. イ形容詞語幹すぎる的語調

「平板式」イ形容詞接續「すぎる」時，重音核落在「ぎ」：

平板式	3拍	赤い ：あかい 重い ：おもい 暗い ：くらい	あかすぎる おもすぎる くらすぎる
	4拍	冷たい：つめたい 危ない：あぶない	つめたすぎる あぶなすぎる
		優しい：やさしい 悲しい：かなしい	やさしすぎる かなしすぎる
	5拍	難しい：むずかしい	むずかしすぎる

「起伏式」イ形容詞接續「すぎる」時，重音核落在「ぎ」：

起伏式	2拍	濃い　：こい 良い　：よい 無い　：ない	こすぎる よすぎる なさすぎる
	3拍	青い　：あおい 旨い　：うまい 惜しい：おしい	あおすぎる うますぎる おしすぎる
		多い　：おおい	おおすぎる
	4拍	短い　：みじかい 可愛い：かわいい 楽しい：たのしい	みじかすぎる かわいすぎる たのしすぎる
		大きい：おおきい	おおきすぎる
	5拍	面白い：おもしろい 暖かい：あたたかい 新しい：あたらしい	おもしろすぎる あたたかすぎる あたらしすぎる

PS：文法制約上，「無い」接續「すぎる」時，會插入「さ」。

090. イ形容詞連用形なる的語調

「平板式」イ形容詞接續「なる」時，重音核落在「な」：

平板式	3拍	赤い ：あかい 重い ：おもい 暗い ：くらい	あかくなる おもくなる くらくなる
	4拍	冷たい：つめたい 危ない：あぶない	つめたくなる あぶなくなる
		優しい：やさしい 悲しい：かなしい	やさしくなる かなしくなる
	5拍	難しい：むずかしい	むずかしくなる

「起伏式」イ形容詞接續「なる」時，形容詞部分的重音核在原本位置不變、以及「な」的位置：

起伏式	2拍	濃い　：こい 良い　：よい 無い　：ない	こく・なる よく・なる なく・なる
	3拍	青い　：あおい 旨い　：うまい 惜しい：おしい	あおく・なる うまく・なる おしく・なる
		多い　：おおい	おおく・なる
	4拍	短い　：みじかい 可愛い：かわいい 楽しい：たのしい	みじかく・なる かわいく・なる たのしく・なる
		大きい：おおきい	おおきく・なる
	5拍	面白い：おもしろい 暖かい：あたたかい 新しい：あたらしい	おもしろく・なる あたたかく・なる あたらしく・なる

PS：「多い」與「大きい」為特殊音拍的音節，加上「なる」後重音核落在第一拍。
　　「小さい」則是有「ちいさく・なる」、「ちいさく・なる」兩種唸法。
PS：3拍以上的イ形容詞，亦有イ形容詞部分重音核往前移一拍的唸法。如：「あおく・なる」、「みじかく・なる」、「おもしろく・なる」。尤其是3拍形容詞，使用此唸法的傾向最強。但因為「すっぱく・なる」一詞，若將重音核往前移一拍，則重音核會落在促音上，因此它不會重音核前移一拍「（×）すっぱく・なる」的唸法。

◎ 總整理

イ形容詞語調說明

　　イ形容詞本身的語調分成平板式（無核型）以及起伏式（有核型）兩種。3拍的起伏式イ形容詞，重音核一定落在第2拍；4拍的起伏式イ形容詞，重音核一定落在第3拍；5拍的起伏式イ形容詞，重音核一定落在第4拍。僅有為數僅少的3拍起伏式イ形容詞，如：「多い」，其重音核落在第一拍。這是因為「おお」為長音，因而導致重音核往前移一拍。此外，「大きい、小さい」等4拍的イ形容詞，也是因為含有長音等特殊拍，因此加上某些附屬語後，重音核會有移動的情形。本文表格中，將這種特殊語調的イ形容詞，用綠底呈現。

　　接續於イ形容詞後方的附屬語，亦分成「平板式附屬語」以及「起伏式附屬語」兩種。「平板式附屬語」，指的就是這個附屬語本身並無重音核，本身為平板式的語調。「起伏式附屬語」，則是這個附屬語本身擁有重音核，本身為起伏式的語調。

① イ形容詞＋「平板式附屬語」時的情況 a.（「單純型」）
- 平板式イ形容詞＋平板式附屬語＝整體仍為平板式。
  赤い：あかい＋だけ＝あかいだけ

- 起伏式イ形容詞＋平板式附屬語＝重音核落在動詞原本的部分。
  青い：あおい＋だけ＝あおいだけ

符合上述規則的附屬語，有：だけ、ほど。

② イ形容詞＋「平板式附屬語」時的情況 b.（「重音核插入型」）
- 平板式イ形容詞＋平板式附屬語＝於動詞與附屬語間插入重音核。
  　　　　　　　　　　　亦有重音核往前移一拍的唸法。
  　　　　　　　　　　　（此種更常見）

赤い：あかい＋が＝あかいが
　　　　　　　　　　　＝あかいが
・起伏式イ形容詞＋平板式附屬語＝重音核落在イ形容詞原本的部分。
　　青い：あおい＋が＝あおいが

　　符合上述規則的附屬語，有：が、から、けれども、し、って、です、と＊、なら、のだ、ので、のに、た、たら、て、ば…等。（＊：有例外的情況，請參考本文）

③ イ形容詞＋「起伏式附屬語」時的情況 a.（「單純型」）
・平板式イ形容詞＋起伏式附屬語＝重音核落在附屬語原本的部分。
　　赤い：あかい＋らしい＝あかいらしい

・起伏式イ形容詞＋起伏式附屬語＝重音核分別落在動詞以及附屬語原本的部分。
　　青い：あおい＋らしい＝あおい・らしい
　　PS：實際發音上，第二次的下降幅度會比第一次的下降幅度小。

　　符合上述規則的附屬語，有：ぐらい／くらい＊、そうだ（伝聞）、ばかり、みたいだ、ようだ、より、らしい…等。（＊：有例外的情況，請參考本文）

④ イ形容詞＋「起伏式附屬語」時的情況 b.（「重音核插入型」）
・平板式イ形容詞＋起伏式附屬語＝於イ形容詞與附屬語間插入重音核，
　　　　　　　　　　　　　　　　並保有附屬語原本的重音核。
　　　　　　　　　　　　　　　　亦有重音核往前移一拍的唸法。
　　　　　　　　　　　　　　　　亦有僅保有附屬語重音核的唸法。
　　赤い：あかい＋だろう＝あかい・だろう
　　　　　　　　　　　　＝あかい・だろう
　　　　　　　　　　　　＝あかいだろう

- 起伏式イ形容詞＋起伏式附屬語＝重音核分別落在動詞以及附屬語原本的部分。

  亦有僅保有イ形容詞重音核的唸法。

  青い：あおい＋だろう＝あおい・だろう

  　　　　　　　　　　　＝あおいだろう

符合上述規則的附屬語，有：だろう、でしょう

⑤ 式保存型的情況

所謂的「式保存型」，指的就是無論附屬語的部分為平板式或起伏式，只要イ形容詞部分是平板式，整體就會是平板式。只要イ形容詞是起伏式，則整體就會是起伏式。

但由於適用此種情況的附屬語，僅有起伏式的「そうだ（樣態）」一詞，且文法限制上，樣態助動詞無法與「赤い」、「青い」併用，因此改為「甘い」、「旨い」兩字來舉例。

- 平板式イ形容詞＋起伏式附屬語そうだ（樣態）＝整體仍為平板式。

  甘い：あまい＋そうだ＝あまそうだ
- 起伏式イ形容詞＋起伏式附屬語そうだ（樣態）＝重音核落在附屬語原本的部分。

  旨い：うまい＋そうだ＝うまそうだ

符合上述規則的附屬語，僅有：そうだ（樣態）。（*：有例外的情況，請參考本文）

⑥ 附屬語決定型

　　所謂的「附屬語決定型」，指的就是無論動詞部分為平板式或起伏式，整體的重音核一律落在附屬語原本的部分。另外，適用於此型的附屬語，僅有「すぎる」一詞。

- 平板式イ形容詞＋起伏式附屬語すぎる＝重音核落在附屬語原本的部分。
  甘い：あまい＋すぎる＝あますぎる
- 起伏式イ形容詞＋起伏式附屬語すぎる＝重音核落在附屬語原本的部分。
  旨い：うまい＋すぎる＝あますぎる

符合上述規則的附屬語，僅有すぎる。

⑦ 附屬語為「～ない」的情況

- 平板式イ形容詞＋「ない」＝重音核落在附屬語「ない」原本的位置。
  赤い：あかい＋ない＝あかくない
- 起伏式イ形容詞＋「ない」＝重音核落在イ形容詞原本的部分，以及
  　　　　　　　　　　　　　附屬語「ない」原本的位置。
  　　　　　　　　　　　　　亦有イ形容詞部分重音核往前移一拍的唸法。
  青い：あおい＋ない＝あおく・ない
  　　　　　　　　＝あおく・ない
  PS：「なくて、なかった、なければ、なる」與「ない」相同。

Memo

part 3

名詞的語調

091. 名詞です的語調

「平板式」名詞接續「です」時，重音核落在「で」：

平板式	1拍	実　：み 気　：き 葉　：は	みです きです はです
	2拍	酒　：さけ 人　：ひと 端　：はし	さけです ひとです はしです
	3拍	魚　：さかな 桜　：さくら	さかなです さくらです
	4拍	友達：ともだち 学生：がくせい	ともだちです がくせいです

「起伏式」名詞接續「です」時，名詞部分的重音核在原本位置不變、以及「で」的位置：

起伏式	1拍	頭高	目　　：め 絵　　：え	め・です え・です
	2拍	頭高	空　　：そら 箸　　：はし	そら・です はし・です
		尾高	犬　　：いぬ 橋　　：はし	いぬ・です はし・です
	3拍	頭高	ご飯　：ごはん 朝日　：あさひ	ごはん・です あさひ・です
		中高	卵　　：たまご 砂糖　：さとう	たまご・です さとう・です
		尾高	刺身　：さしみ 男　　：おとこ	さしみ・です おとこ・です
	4拍	頭高	秋桜　：コスモス 経済　：けいざい	コスモス・です けいざい・です
		中高	お握り：おにぎり 向日葵：ひまわり	おにぎり・です ひまわり・です
		中高	湖　　：みずうみ 味噌汁：みそしる	みずうみ・です みそしる・です
		尾高	妹　　：いもうと 一日　：いちにち	いもうと・です いちにち・です

PS：亦有第二個重音核消失，整體合併為一體的唸法，如：「めです」、「そらです」、「いぬです」、「ごはんです」、「たまごです」、「コスモスです」、「いもうとです」…等。

092. 名詞でしょう的語調

「平板式」名詞接續「でしょう」時,重音核落在「しょ」:

平板式	1拍	実　：み 気　：き 葉　：は	みで<u>しょ</u>う きで<u>しょ</u>う はで<u>しょ</u>う
	2拍	酒　：さけ 人　：ひと 端　：はし	さけで<u>しょ</u>う ひとで<u>しょ</u>う はしで<u>しょ</u>う
	3拍	魚　：さかな 桜　：さくら	さかなで<u>しょ</u>う さくらで<u>しょ</u>う
	4拍	友達：ともだち 学生：がくせい	ともだちで<u>しょ</u>う がくせいで<u>しょ</u>う

「起伏式」名詞接續「でしょう」時，名詞部分的重音核在原本位置不變、以及「しょ」的位置：

起伏式	1拍	頭高	目：め 絵：え	め・でしょう え・でしょう
	2拍	頭高	空：そら 箸：はし	そら・でしょう はし・でしょう
		尾高	犬：いぬ 橋：はし	いぬ・でしょう はし・でしょう
	3拍	頭高	ご飯：ごはん 朝日：あさひ	ごはん・でしょう あさひ・でしょう
		中高	卵：たまご 砂糖：さとう	たまご・でしょう さとう・でしょう
		尾高	刺身：さしみ 男：おとこ	さしみ・でしょう おとこ・でしょう
	4拍	頭高	秋桜：コスモス 経済：けいざい	コスモス・でしょう けいざい・でしょう
		中高	お握り：おにぎり 向日葵：ひまわり	おにぎり・でしょう ひまわり・でしょう
		中高	湖：みずうみ 味噌汁：みそしる	みずうみ・でしょう みそしる・でしょう
		尾高	妹：いもうと 一日：いちにち	いもうと・でしょう いちにち・でしょう

PS：亦有第二個重音核消失，整體合併為一體的唸法，如：「めでしょう」、「そらでしょう」、「いぬでしょう」、「ごはんでしょう」、「たまごでしょう」、「コスモスでしょう」、「いもうとでしょう」…等。

093. 名詞でした的語調

「平板式」名詞接續「でした」時，重音核落在「で」：

平板式	1拍	実：み 気：き 葉：は	みでした きでした はでした
	2拍	酒：さけ 人：ひと 端：はし	さけでした ひとでした はしでした
	3拍	魚：さかな 桜：さくら	さかなでした さくらでした
	4拍	友達：ともだち 学生：がくせい	ともだちでした がくせいでした

「起伏式」名詞接續「でした」時，名詞部分的重音核在原本位置不變，以及「で」的位置：

起伏式	1拍	頭高	目：め 絵：え	め・でした え・でした
	2拍	頭高	空：そら 箸：はし	そら・でした はし・でした
		尾高	犬：いぬ 橋：はし	いぬ・でした はし・でした
	3拍	頭高	ご飯：ごはん 朝日：あさひ	ごはん・でした あさひ・でした
		中高	卵：たまご 砂糖：さとう	たまご・でした さとう・でした
		尾高	刺身：さしみ 男：おとこ	さしみ・でした おとこ・でした
	4拍	頭高	秋桜：コスモス 経済：けいざい	コスモス・でした けいざい・でした
		中高	お握り：おにぎり 向日葵：ひまわり	おにぎり・でした ひまわり・でした
		中高	湖：みずうみ 味噌汁：みそしる	みずうみ・でした みそしる・でした
		尾高	妹：いもうと 一日：いちにち	いもうと・でした いちにち・でした

PS：亦有第二個重音核消失，整體合併為一體的唸法，如：「めでした」、「そらでした」、「いぬでした」、「ごはんでした」、「たまごでした」、「コスモスでした」、「いもうとでした」…等。

094. 名詞だ的語調

「平板式」名詞接續「だ」時，整體仍為平板式：

平板式	1拍	実　：み 気　：き 葉　：は	みだ きだ はだ
	2拍	酒　：さけ 人　：ひと 端　：はし	さけだ ひとだ はしだ
	3拍	魚　：さかな 桜　：さくら	さかなだ さくらだ
	4拍	友達：ともだち 学生：がくせい	ともだちだ がくせいだ

「起伏式」名詞接續「だ」時，名詞部分的重音核在原本位置不變：

起伏式	1拍	頭高	目　：め̚ 絵　：え̚	め̚だ え̚だ
	2拍	頭高	空　：そ̚ら 箸　：は̚し	そ̚らだ は̚しだ
		尾高	犬　：いぬ̚ 橋　：はし̚	いぬ̚だ はし̚だ
	3拍	頭高	ご飯：ご̚はん 朝日：あ̚さひ	ご̚はんだ あ̚さひだ
		中高	卵　：たま̚ご 砂糖：さと̚う	たま̚ごだ さと̚うだ
		尾高	刺身：さしみ̚ 男　：おとこ̚	さしみ̚だ おとこ̚だ
	4拍	頭高	秋桜：コ̚スモス 経済：け̚いざい	コ̚スモスだ け̚いざいだ
		中高	お握り：おに̚ぎり 向日葵：ひま̚わり	おに̚ぎりだ ひま̚わりだ
		中高	湖　：みずう̚み 味噌汁：みそし̚る	みずう̚みだ みそし̚るだ
		尾高	妹　：いもうと̚ 一日：いちにち̚	いもうと̚だ いちにち̚だ

095. 名詞だろう的語調

「平板式」名詞接續「だろう」時，重音核落在「ろ」：

平板式	1拍	実　：み 気　：き 葉　：は	みだろう きだろう はだろう
	2拍	酒　：さけ 人　：ひと 端　：はし	さけだろう ひとだろう はしだろう
	3拍	魚　：さかな 桜　：さくら	さかなだろう さくらだろう
	4拍	友達：ともだち 学生：がくせい	ともだちだろう がくせいだろう

「起伏式」名詞接續「だろう」時，名詞部分的重音核在原本位置不變、以及「ろ」的位置：

起伏式	1拍	頭高	目　　：め 絵　　：え	め・だろう え・だろう
	2拍	頭高	空　　：そら 箸　　：はし	そら・だろう はし・だろう
		尾高	犬　　：いぬ 橋　　：はし	いぬ・だろう はし・だろう
	3拍	頭高	ご飯　：ごはん 朝日　：あさひ	ごはん・だろう あさひ・だろう
		中高	卵　　：たまご 砂糖　：さとう	たまご・だろう さとう・だろう
		尾高	刺身　：さしみ 男　　：おとこ	さしみ・だろう おとこ・だろう
	4拍	頭高	秋桜　：コスモス 経済　：けいざい	コスモス・だろう けいざい・だろう
		中高	お握り：おにぎり 向日葵：ひまわり	おにぎり・だろう ひまわり・だろう
		中高	湖　　：みずうみ 味噌汁：みそしる	みずうみ・だろう みそしる・だろう
		尾高	妹　　：いもうと 一日　：いちにち	いもうと・だろう いちにち・だろう

PS：亦有第二個重音核消失，整體合併為一體的唸法，如：「めだろう」、「そらだろう」、「いぬだろう」、「ごはんだろう」、「たまごだろう」、「コスモスだろう」、「いもうとだろう」... 等。

096. 名詞だった的語調

「平板式」名詞接續「だった」時，重音核落在「だ」：

平板式	1拍	実：み 気：き 葉：は	みだった きだった はだった
	2拍	酒：さけ 人：ひと 端：はし	さけだった ひとだった はしだった
	3拍	魚：さかな 桜：さくら	さかなだった さくらだった
	4拍	友達：ともだち 学生：がくせい	ともだちだった がくせいだった

「起伏式」名詞接續「だった」時，名詞部分的重音核在原本位置不變、以及「だ」的位置：

起伏式	1拍	頭高	目　：め 絵　：え	め・だった え・だった
	2拍	頭高	空　：そら 箸　：はし	そら・だった はし・だった
		尾高	犬　：いぬ 橋　：はし	いぬ・だった はし・だった
	3拍	頭高	ご飯：ごはん 朝日：あさひ	ごはん・だった あさひ・だった
		中高	卵　：たまご 砂糖：さとう	たまご・だった さとう・だった
		尾高	刺身：さしみ 男　：おとこ	さしみ・だった おとこ・だった
	4拍	頭高	秋桜：コスモス 経済：けいざい	コスモス・だった けいざい・だった
		中高	お握り：おにぎり 向日葵：ひまわり	おにぎり・だった ひまわり・だった
		中高	湖　：みずうみ 味噌汁：みそしる	みずうみ・だった みそしる・だった
		尾高	妹　：いもうと 一日：いちにち	いもうと・だった いちにち・だった

PS：亦有第二個重音核消失，整體合併為一體的唸法，如：「めだった」、「そらだった」、「いぬだった」、「ごはんだった」、「たまごだった」、「コスモスだった」、「いもうとだった」...等。

097. 名詞だったら的語調

「平板式」名詞接續「だったら」時,重音核落在「だ」:

平板式	1拍	実　：み 気　：き 葉　：は	みだったら きだったら はだったら
	2拍	酒　：さけ 人　：ひと 端　：はし	さけだったら ひとだったら はしだったら
	3拍	魚　：さかな 桜　：さくら	さかなだったら さくらだったら
	4拍	友達：ともだち 学生：がくせい	ともだちだったら がくせいだったら

「起伏式」名詞接續「だったら」時，名詞部分的重音核在原本位置不變、以及「だ」的位置：

起伏式	1拍	頭高	目　：め 絵　：え	め・だったら え・だったら
	2拍	頭高	空　：そら 箸　：はし	そら・だったら はし・だったら
		尾高	犬　：いぬ 橋　：はし	いぬ・だったら はし・だったら
	3拍	頭高	ご飯：ごはん 朝日：あさひ	ごはん・だったら あさひ・だったら
		中高	卵　：たまご 砂糖：さとう	たまご・だったら さとう・だったら
		尾高	刺身：さしみ 男　：おとこ	さしみ・だったら おとこ・だったら
	4拍	頭高	秋桜：コスモス 経済：けいざい	コスモス・だったら けいざい・だったら
		中高	お握り：おにぎり 向日葵：ひまわり	おにぎり・だったら ひまわり・だったら
		中高	湖　：みずうみ 味噌汁：みそしる	みずうみ・だったら みそしる・だったら
		尾高	妹　：いもうと 一日：いちにち	いもうと・だったら いちにち・だったら

PS：亦有第二個重音核消失，整體合併為一體的唸法，如：「めだったら」、「そらだったら」、「いぬだったら」、「ごはんだったら」、「たまごだったら」、「コスモスだったら」、「いもうとだったら」…等。

098. 名詞だったり的語調

「平板式」名詞接續「だったり」時，重音核落在「だ」：

平板式	1拍	実：み 気：き 葉：は	みだったり きだったり はだったり
	2拍	酒：さけ 人：ひと 端：はし	さけだったり ひとだったり はしだったり
	3拍	魚：さかな 桜：さくら	さかなだったり さくらだったり
	4拍	友達：ともだち 学生：がくせい	ともだちだったり がくせいだったり

「起伏式」名詞接續「だったり」時，名詞部分的重音核在原本位置不變、以及「だ」的位置：

起伏式	1拍	頭高	目：め 絵：え	め・だったり え・だったり
	2拍	頭高	空：そら 箸：はし	そら・だったり はし・だったり
		尾高	犬：いぬ 橋：はし	いぬ・だったり はし・だったり
	3拍	頭高	ご飯：ごはん 朝日：あさひ	ごはん・だったり あさひ・だったり
		中高	卵：たまご 砂糖：さとう	たまご・だったり さとう・だったり
		尾高	刺身：さしみ 男：おとこ	さしみ・だったり おとこ・だったり
	4拍	頭高	秋桜：コスモス 経済：けいざい	コスモス・だったり けいざい・だったり
		中高	お握り：おにぎり 向日葵：ひまわり	おにぎり・だったり ひまわり・だったり
		中高	湖：みずうみ 味噌汁：みそしる	みずうみ・だったり みそしる・だったり
		尾高	妹：いもうと 一日：いちにち	いもうと・だったり いちにち・だったり

PS：亦有第二個重音核消失，整體合併為一體的唸法，如：「めだったり」、「そらだったり」、「いぬだったり」、「ごはんだったり」、「たまごだったり」、「コスモスだったり」、「いもうとだったり」...等。

099. 名詞で（中止形）的語調

「平板式」名詞接續「で」時，整體仍為平板式：

平板式	1拍	実 ：み 気 ：き 葉 ：は	みで きで はで
	2拍	酒 ：さけ 人 ：ひと 端 ：はし	さけで ひとで はしで
	3拍	魚 ：さかな 桜 ：さくら	さかなで さくらで
	4拍	友達：ともだち 学生：がくせい	ともだちで がくせいで

「起伏式」名詞接續「で」時，名詞部分的重音核在原本位置不變：

起伏式	1拍	頭高	目　　：め 絵　　：え	めで えで
	2拍	頭高	空　　：そら 箸　　：はし	そらで はしで
		尾高	犬　　：いぬ 橋　　：はし	いぬで はしで
	3拍	頭高	ご飯　：ごはん 朝日　：あさひ	ごはんで あさひで
		中高	卵　　：たまご 砂糖　：さとう	たまごで さとうで
		尾高	刺身　：さしみ 男　　：おとこ	さしみで おとこで
	4拍	頭高	秋桜　：コスモス 経済　：けいざい	コスモスで けいざいで
		中高	お握り：おにぎり 向日葵：ひまわり	おにぎりで ひまわりで
		中高	湖　　：みずうみ 味噌汁：みそしる	みずうみで みそしるで
		尾高	妹　　：いもうと 一日　：いちにち	いもうとで いちにちで

100. 名詞でも的語調

「平板式」名詞接續「でも」時，重音核落在「で」：

平板式	1拍	実：み 気：き 葉：は	みでも きでも はでも
	2拍	酒：さけ 人：ひと 端：はし	さけでも ひとでも はしでも
	3拍	魚：さかな 桜：さくら	さかなでも さくらでも
	4拍	友達：ともだち 学生：がくせい	ともだちでも がくせいでも

「起伏式」名詞接續「でも」時，名詞部分的重音核在原本位置不變、以及「で」的位置：

起伏式	1拍	頭高	目　　：め 絵　　：え	め・でも え・でも
	2拍	頭高	空　　：そら 箸　　：はし	そら・でも はし・でも
		尾高	犬　　：いぬ 橋　　：はし	いぬ・でも はし・でも
	3拍	頭高	ご飯　：ごはん 朝日　：あさひ	ごはん・でも あさひ・でも
		中高	卵　　：たまご 砂糖　：さとう	たまご・でも さとう・でも
		尾高	刺身　：さしみ 男　　：おとこ	さしみ・でも おとこ・でも
	4拍	頭高	秋桜　：コスモス 経済　：けいざい	コスモス・でも けいざい・でも
		中高	お握り：おにぎり 向日葵：ひまわり	おにぎり・でも ひまわり・でも
		中高	湖　　：みずうみ 味噌汁：みそしる	みずうみ・でも みそしる・でも
		尾高	妹　　：いもうと 一日　：いちにち	いもうと・でも いちにち・でも

PS：亦有第二個重音核消失，整體合併為一體的唸法，如：「めでも」、「そらでも」、「いぬでも」、「ごはんでも」、「たまごでも」、「コスモスでも」、「いもうとでも」... 等。

101. 名詞では的語調

「平板式」名詞接續「では」時，重音核落在「で」：

平板式	1拍	実：み 気：き 葉：は	みでは きでは はでは
	2拍	酒：さけ 人：ひと 端：はし	さけでは ひとでは はしでは
	3拍	魚：さかな 桜：さくら	さかなでは さくらでは
	4拍	友達：ともだち 学生：がくせい	ともだちでは がくせいでは

「起伏式」名詞接續「では」時，名詞部分的重音核在原本位置不變、以及「で」的位置：

起伏式	1拍	頭高	目　：め 絵　：え	め・では え・では
	2拍	頭高	空　：そら 箸　：はし	そら・では はし・では
		尾高	犬　：いぬ 橋　：はし	いぬ・では はし・では
	3拍	頭高	ご飯：ごはん 朝日：あさひ	ごはん・では あさひ・では
		中高	卵　：たまご 砂糖：さとう	たまご・では さとう・では
		尾高	刺身：さしみ 男　：おとこ	さしみ・では おとこ・では
	4拍	頭高	秋桜：コスモス 経済：けいざい	コスモス・では けいざい・では
		中高	お握り：おにぎり 向日葵：ひまわり	おにぎり・では ひまわり・では
		中高	湖　：みずうみ 味噌汁：みそしる	みずうみ・では みそしる・では
		尾高	妹　：いもうと 一日：いちにち	いもうと・では いちにち・では

PS：亦有第二個重音核消失，整體合併為一體的唸法，如：「めでは」、「そらでは」、「いぬでは」、「ごはんでは」、「たまごでは」、「コスモスでは」、「いもうとでは」...等。

102. 名詞ではない的語調

「平板式」名詞接續「ではない」時，重音核落在「で」、以及「な」的位置：

平板式	1拍	実：み 気：き 葉：は	みでは・ない きでは・ない はでは・ない
	2拍	酒：さけ 人：ひと 端：はし	さけでは・ない ひとでは・ない はしでは・ない
	3拍	魚：さかな 桜：さくら	さかなでは・ない さくらでは・ない
	4拍	友達：ともだち 学生：がくせい	ともだちでは・ない がくせいでは・ない

PS：若為敬體「ではありません」時，重音核落在「で」、以及「せ」的位置，如：「みでは・ありません」、「さけでは・ありません」、「さかなでは・ありません」、「ともだちでは・ありません」。

「起伏式」名詞接續「ではない」時，名詞部分的重音核在原本位置不變、以及「な」的位置：

起伏式	1拍	頭高	目　：め 絵　：え	めでは・ない えでは・ない
	2拍	頭高	空　：そら 箸　：はし	そらでは・ない はしでは・ない
		尾高	犬　：いぬ 橋　：はし	いぬでは・ない はしでは・ない
	3拍	頭高	ご飯：ごはん 朝日：あさひ	ごはんでは・ない あさひでは・ない
		中高	卵　：たまご 砂糖：さとう	たまごでは・ない さとうでは・ない
		尾高	刺身：さしみ 男　：おとこ	さしみでは・ない おとこでは・ない
	4拍	頭高	秋桜：コスモス 経済：けいざい	コスモスでは・ない けいざいでは・ない
		中高	お握り：おにぎり 向日葵：ひまわり	おにぎりでは・ない ひまわりでは・ない
		中高	湖　：みずうみ 味噌汁：みそしる	みずうみでは・ない みそしるでは・ない
		尾高	妹　：いもうと 一日：いちにち	いもうとでは・ない いちにちでは・ない

PS：若為敬體「ではありません」時，名詞部分的重音核在原本位置不變、以及「せ」的位置，如：「めでは・ありません」、「そらでは・ありません」、「いぬでは・ありません」、「ごはんでは・ありません」、「たまごでは・ありません」、「コスモスでは・ありません」、「いもうとでは・ありません」…等。

103. 名詞ではなかった的語調

「平板式」名詞接續「ではなかった」時，重音核落在「で」、以及「な」的位置：

平板式	1拍	実：み 気：き 葉：は	みでは・なかった きでは・なかった はでは・なかった
	2拍	酒：さけ 人：ひと 端：はし	さけでは・なかった ひとでは・なかった はしでは・なかった
	3拍	魚：さかな 桜：さくら	さかなでは・なかった さくらでは・なかった
	4拍	友達：ともだち 学生：がくせい	ともだちでは・なかった がくせいでは・なかった

PS：若為敬體「ではありませんでした」時，重音核落在「で」、以及「せ」的位置，如：「みでは・ありませんでした」、「さけでは・ありませんでした」、「さかなでは・ありませんでした」、「ともだちでは・ありませんでした」。

「起伏式」名詞接續「ではなかった」時，名詞部分的重音核在原本位置不變、以及「な」的位置：

起伏式	1拍	頭高	目：め 絵：え	めでは・なかった えでは・なかった
	2拍	頭高	空：そら 箸：はし	そらでは・なかった はしでは・なかった
		尾高	犬：いぬ 橋：はし	いぬでは・なかった はしでは・なかった
	3拍	頭高	ご飯：ごはん 朝日：あさひ	ごはんでは・なかった あさひでは・なかった
		中高	卵：たまご 砂糖：さとう	たまごでは・なかった さとうでは・なかった
		尾高	刺身：さしみ 男：おとこ	さしみでは・なかった おとこでは・なかった
	4拍	頭高	秋桜：コスモス 経済：けいざい	コスモスでは・なかった けいざいでは・なかった
		中高	お握り：おにぎり 向日葵：ひまわり	おにぎりでは・なかった ひまわりでは・なかった
		中高	湖：みずうみ 味噌汁：みそしる	みずうみでは・なかった みそしるでは・なかった
		尾高	妹：いもうと 一日：いちにち	いもうとでは・なかった いちにちでは・なかった

PS：若為敬體「ではありませんでした」時，名詞部分的重音核在原本位置不變、以及「せ」的位置，如：「めでは・ありませんでした」、「そらでは・ありませんでした」、「いぬでは・ありませんでした」、「ごはんでは・ありませんでした」、「たまごでは・ありませんでした」...等。

104. 名詞ではなく（て）的語調

「平板式」名詞接續「ではなく（て）」時，重音核落在「で」、以及「な」的位置：

平板式	1拍	実：み 気：き 葉：は	みでは・なく（て） きでは・なく（て） はでは・なく（て）
	2拍	酒：さけ 人：ひと 端：はし	さけでは・なく（て） ひとでは・なく（て） はしでは・なく（て）
	3拍	魚：さかな 桜：さくら	さかなでは・なく（て） さくらでは・なく（て）
	4拍	友達：ともだち 学生：がくせい	ともだちでは・なく（て） がくせいでは・なく（て）

「起伏式」名詞接續「ではなく（て）」時，名詞部分的重音核在原本位置不變、以及「な」的位置：

起伏式	1拍	頭高	目　：め 絵　：え	めでは・なく（て） えでは・なく（て）
	2拍	頭高	空　：そら 箸　：はし	そらでは・なく（て） はしでは・なく（て）
		尾高	犬　：いぬ 橋　：はし	いぬでは・なく（て） はしでは・なく（て）
	3拍	頭高	ご飯：ごはん 朝日：あさひ	ごはんでは・なく（て） あさひでは・なく（て）
		中高	卵　：たまご 砂糖：さとう	たまごでは・なく（て） さとうでは・なく（て）
		尾高	刺身：さしみ 男　：おとこ	さしみでは・なく（て） おとこでは・なく（て）
	4拍	頭高	秋桜：コスモス 経済：けいざい	コスモスでは・なく（て） けいざいでは・なく（て）
		中高	お握り：おにぎり 向日葵：ひまわり	おにぎりでは・なく（て） ひまわりでは・なく（て）
		中高	湖　：みずうみ 味噌汁：みそしる	みずうみでは・なく（て） みそしるでは・なく（て）
		尾高	妹　：いもうと 一日：いちにち	いもうとでは・なく（て） いちにちでは・なく（て）

105. 名詞でなければ的語調

「平板式」名詞接續「でなければ」時，重音核落在「な」的位置：

平板式	1拍	実：み 気：き 葉：は	みでなければ きでなければ はでなければ
	2拍	酒：さけ 人：ひと 端：はし	さけでなければ ひとでなければ はしでなければ
	3拍	魚：さかな 桜：さくら	さかなでなければ さくらでなければ
	4拍	友達：ともだち 学生：がくせい	ともだちでなければ がくせいでなければ

「起伏式」名詞接續「ではなく（て）」時，名詞部分的重音核在原本位置不變、以及「な」的位置：

起伏式	1拍	頭高	目　：め̄ 絵　：え̄	め̄で・な̄ければ え̄で・な̄ければ
	2拍	頭高	空　：そ̄ら 箸　：は̄し	そ̄らで・な̄ければ は̄しで・な̄ければ
		尾高	犬　：いぬ̄ 橋　：はし̄	いぬ̄で・な̄ければ はし̄で・な̄ければ
	3拍	頭高	ご飯：ご̄はん 朝日：あ̄さひ	ご̄はんで・な̄ければ あ̄さひで・な̄ければ
		中高	卵　：たま̄ご 砂糖：さと̄う	たま̄ごで・な̄ければ さと̄うで・な̄ければ
		尾高	刺身：さしみ̄ 男　：おとこ̄	さしみ̄で・な̄ければ おとこ̄で・な̄ければ
	4拍	頭高	秋桜：コ̄スモス 経済：け̄いざい	コ̄スモスで・な̄ければ け̄いざいで・な̄ければ
		中高	お握り：おに̄ぎり 向日葵：ひま̄わり	おに̄ぎりで・な̄ければ ひま̄わりで・な̄ければ
		中高	湖　：みずう̄み 味噌汁：みそ̄しる	みずう̄みで・な̄ければ みそ̄しるで・な̄ければ
		尾高	妹　：いもうと̄ 一日：いちにち̄	いもうと̄で・な̄ければ いちにち̄で・な̄ければ

106. 名詞なら（ば）的語調

「平板式」名詞接續「なら（ば）」時，重音核落在「な」的位置：

平板式	1拍	実：み 気：き 葉：は	みなら（ば） きなら（ば） はなら（ば）
	2拍	酒：さけ 人：ひと 端：はし	さけなら（ば） ひとなら（ば） はしなら（ば）
	3拍	魚：さかな 桜：さくら	さかななら（ば） さくらなら（ば）
	4拍	友達：ともだち 学生：がくせい	ともだちなら（ば） がくせいなら（ば）

「起伏式」名詞接續「なら（ば）」時，名詞部分的重音核在原本位置不變、以及「な」的位置：

起伏式	1拍	頭高	目：め 絵：え	め・なら（ば） え・なら（ば）
	2拍	頭高	空：そら 箸：はし	そら・なら（ば） はし・なら（ば）
		尾高	犬：いぬ 橋：はし	いぬ・なら（ば） はし・なら（ば）
	3拍	頭高	ご飯：ごはん 朝日：あさひ	ごはん・なら（ば） あさひ・なら（ば）
		中高	卵：たまご 砂糖：さとう	たまご・なら（ば） さとう・なら（ば）
		尾高	刺身：さしみ 男：おとこ	さしみ・なら（ば） おとこ・なら（ば）
	4拍	頭高	秋桜：コスモス 経済：けいざい	コスモス・なら（ば） けいざい・なら（ば）
		中高	お握り：おにぎり 向日葵：ひまわり	おにぎり・なら（ば） ひまわり・なら（ば）
		中高	湖：みずうみ 味噌汁：みそしる	みずうみ・なら（ば） みそしる・なら（ば）
		尾高	妹：いもうと 一日：いちにち	いもうと・なら（ば） いちにち・なら（ば）

PS：亦有第二個重音核消失，整體合併為一體的唸法，如：「めなら（ば）」、「そらなら（ば）」、「いぬなら（ば）」、「ごはんなら（ば）」、「たまごなら（ば）」、「コスモスなら（ば）」、「いもうとなら（ば）」… 等。

107. 名詞らしい（助動詞）的語調

「平板式」名詞接續「らしい（助動詞）」時，重音核落在「し」的位置：

平板式	1拍	実：み 気：き 葉：は	みら￢しい きら￢しい はら￢しい
	2拍	酒：さけ 人：ひと 端：はし	さけら￢しい ひとら￢しい はしら￢しい
	3拍	魚：さかな 桜：さくら	さかなら￢しい さくらら￢しい
	4拍	友達：ともだち 学生：がくせい	ともだちら￢しい がくせいら￢しい

PS：助動詞的「らしい」用於表達「推量」。如：「あの人は学生らしい（那個人好像是學生）」。

「起伏式」名詞接續「らしい（助動詞）」時，名詞部分的重音核在原本位置不變、以及「し」的位置：

起伏式	1拍	頭高	目　　：め 絵　　：え	め・らしい え・らしい
	2拍	頭高	空　　：そら 箸　　：はし	そら・らしい はし・らしい
		尾高	犬　　：いぬ 橋　　：はし	いぬ・らしい はし・らしい
	3拍	頭高	ご飯　：ごはん 朝日　：あさひ	ごはん・らしい あさひ・らしい
		中高	卵　　：たまご 砂糖　：さとう	たまご・らしい さとう・らしい
		尾高	刺身　：さしみ 男　　：おとこ	さしみ・らしい おとこ・らしい
	4拍	頭高	秋桜　：コスモス 経済　：けいざい	コスモス・らしい けいざい・らしい
		中高	お握り：おにぎり 向日葵：ひまわり	おにぎり・らしい ひまわり・らしい
		中高	湖　　：みずうみ 味噌汁：みそしる	みずうみ・らしい みそしる・らしい
		尾高	妹　　：いもうと 一日　：いちにち	いもうと・らしい いちにち・らしい

108. 名詞らしい（接尾辞）的語調

「平板式」名詞接續「らしい（接尾辞）」時，重音核落在「し」的位置：

平板式	1拍	実：み 気：き 葉：は	みらしい きらしい はらしい
	2拍	酒：さけ 人：ひと 端：はし	さけらしい ひとらしい はしらしい
	3拍	魚：さかな 桜：さくら	さかならしい さくららしい
	4拍	友達：ともだち 学生：がくせい	ともだちらしい がくせいらしい

PS: 接尾辞的「らしい」用於表達「性質」。如：「男らしい人が好き（我喜歡有男子氣概的人）」。

「起伏式」名詞接續「らしい（接尾辞）」時，重音核落在「し」的位置：

起伏式	1拍	頭高	目　　：め 絵　　：え	めらしい えらしい
	2拍	頭高	空　　：そら 箸　　：はし	そららしい はしらしい
		尾高	犬　　：いぬ 橋　　：はし	いぬらしい はしらしい
	3拍	頭高	ご飯　：ごはん 朝日　：あさひ	ごはんらしい あさひらしい
		中高	卵　　：たまご 砂糖　：さとう	たまごらしい さとうらしい
		尾高	刺身　：さしみ 男　　：おとこ	さしみらしい おとこらしい
	4拍	頭高	秋桜　：コスモス 経済　：けいざい	コスモスらしい けいざいらしい
		中高	お握り：おにぎり 向日葵：ひまわり	おにぎりらしい ひまわりらしい
		中高	湖　　：みずうみ 味噌汁：みそしる	みずうみらしい みそしるらしい
		尾高	妹　　：いもうと 一日　：いちにち	いもうとらしい いちにちらしい

109. 名詞みたいだ的語調

「平板式」名詞接續「みたいだ」時，重音核落在「み」的位置：

平板式	1拍	実：み 気：き 葉：は	みみたいだ きみたいだ はみたいだ
	2拍	酒：さけ 人：ひと 端：はし	さけみたいだ ひとみたいだ はしみたいだ
	3拍	魚：さかな 桜：さくら	さかなみたいだ さくらみたいだ
	4拍	友達：ともだち 学生：がくせい	ともだちみたいだ がくせいみたいだ

「起伏式」名詞接續「みたいだ」時，名詞部分的重音核在原本位置不變，以及「み」的位置：

起伏式	1拍	頭高	目：め 絵：え	め・みたいだ え・みたいだ
	2拍	頭高	空：そら 箸：はし	そら・みたいだ はし・みたいだ
		尾高	犬：いぬ 橋：はし	いぬ・みたいだ はし・みたいだ
	3拍	頭高	ご飯：ごはん 朝日：あさひ	ごはん・みたいだ あさひ・みたいだ
		中高	卵：たまご 砂糖：さとう	たまご・みたいだ さとう・みたいだ
		尾高	刺身：さしみ 男：おとこ	さしみ・みたいだ おとこ・みたいだ
	4拍	頭高	秋桜：コスモス 経済：けいざい	コスモス・みたいだ けいざい・みたいだ
		中高	お握り：おにぎり 向日葵：ひまわり	おにぎり・みたいだ ひまわり・みたいだ
		中高	湖：みずうみ 味噌汁：みそしる	みずうみ・みたいだ みそしる・みたいだ
		尾高	妹：いもうと 一日：いちにち	いもうと・みたいだ いちにち・みたいだ

PS：亦有第二個重音核消失，整體合併為一體的唸法，如：「めみたいだ」、「そらみたいだ」、「いぬみたいだ」、「ごはんみたいだ」、「たまごみたいだ」、「コスモスみたいだ」、「いもうとみたいだ」…等。

110. 名詞＋無核助詞的語調

「平板式」名詞接續無核助詞時，整體仍為平板式：

平板式	1拍	実：み 気：き 葉：は	みが きが はが
	2拍	酒：さけ 人：ひと 端：はし	さけが ひとが はしが
	3拍	魚：さかな 桜：さくら	さかなが さくらが
	4拍	友達：ともだち 学生：がくせい	ともだちが がくせいが

PS：所謂的「無核助詞」，指的就是其助詞本身沒有重音核（平板式）的助詞。如：「が」、「を」、「に」、「で」、「へ」、「と」、「は」、「も」、「や」、「か」、「から」、「ほど」、「きり」、「として」。上述助詞皆比照此規則。

「起伏式」名詞接續無核助詞時，名詞部分的重音核在原本位置不變：

起伏式	1拍	頭高	目　：め̚	め̚が
			絵　：え̚	え̚が
	2拍	頭高	空　：そ̚ら	そ̚らが
			箸　：は̚し	は̚しが
		尾高	犬　：いぬ̚	いぬ̚が
			橋　：はし̚	はし̚が
	3拍	頭高	ご飯：ご̚はん	ご̚はんが
			朝日：あ̚さひ	あ̚さひが
		中高	卵　：たま̚ご	たま̚ごが
			砂糖：さと̚う	さと̚うが
		尾高	刺身：さしみ̚	さしみ̚が
			男　：おとこ̚	おとこ̚が
	4拍	頭高	秋桜：コ̚スモス	コ̚スモスが
			経済：け̚いざい	け̚いざいが
		中高	お握り：おに̚ぎり	おに̚ぎりが
			向日葵：ひま̚わり	ひま̚わりが
		中高	湖　：みずう̚み	みずう̚みが
			味噌汁：みそし̚る	みそし̚るが
		尾高	妹　：いもうと̚	いもうと̚が
			一日：いちにち̚	いちにち̚が

111. 名詞＋有核助詞的語調

「平板式」名詞接續有核助詞時，重音核落在助詞的第一音節：

平板式	1拍	実：み 気：き 葉：は	みより きより はより
	2拍	酒：さけ 人：ひと 端：はし	さけより ひとより はしより
	3拍	魚：さかな 桜：さくら	さかなより さくらより
	4拍	友達：ともだち 学生：がくせい	ともだちより がくせいより

PS：所謂的「有核助詞」，指的就是其助詞本身擁有重音核（起伏式）的助詞。如：「より」、「こそ」、「さえ」、「まで」、「のみ」、「かも」、「すら」、「など」、「なんて」、「なんか」等。上述助詞皆比照此規則。

「起伏式」名詞接續有核助詞時，名詞部分的重音核在原本位置不變、以及助詞的第一音節：

起伏式	1拍	頭高	目　：め 絵　：え	め・より え・より
	2拍	頭高	空　：そら 箸　：はし	そら・より はし・より
		尾高	犬　：いぬ 橋　：はし	いぬ・より はし・より
	3拍	頭高	ご飯　：ごはん 朝日　：あさひ	ごはん・より あさひ・より
		中高	卵　：たまご 砂糖　：さとう	たまご・より さとう・より
		尾高	刺身　：さしみ 男　：おとこ	さしみ・より おとこ・より
	4拍	頭高	秋桜　：コスモス 経済　：けいざい	コスモス・より けいざい・より
		中高	お握り：おにぎり 向日葵：ひまわり	おにぎり・より ひまわり・より
		中高	湖　：みずうみ 味噌汁：みそしる	みずうみ・より みそしる・より
		尾高	妹　：いもうと 一日　：いちにち	いもうと・より いちにち・より

PS：亦有第二個重音核消失，整體合併為一體的唸法，如：「めより」、「そらより」、「いぬより」、「ごはんより」、「たまごより」、「コスモスより」、「いもうとより」…等。

112. 名詞＋兩個無核助詞的語調

「平板式」名詞接續兩個無核助詞時，重音核落在第一個助詞：

平板式	1拍	実：み 気：き 葉：は	みには きには はには
	2拍	酒：さけ 人：ひと 端：はし	さけには ひとには はしには
	3拍	魚：さかな 桜：さくら	さかなには さくらには
	4拍	友達：ともだち 学生：がくせい	ともだちには がくせいには

PS：所謂的「兩個無核助詞」，指的就是下列這些格助詞與副助詞並用時的情況：「には」、「では」、「へは」、「とは」、「からは」，以及「にも」、「でも」、「へも」、「とも」、「からも」、「とか」等。

「起伏式」名詞接續有核助詞時，名詞部分的重音核在原本位置不變、以及第一個助詞：

起伏式	1拍	頭高	目　　：め 絵　　：え	め・には え・には
	2拍	頭高	空　　：そら 箸　　：はし	そら・には はし・には
		尾高	犬　　：いぬ 橋　　：はし	いぬ・には はし・には
	3拍	頭高	ご飯　：ごはん 朝日　：あさひ	ごはん・には あさひ・には
		中高	卵　　：たまご 砂糖　：さとう	たまご・には さとう・には
		尾高	刺身　：さしみ 男　　：おとこ	さしみ・には おとこ・には
	4拍	頭高	秋桜　：コスモス 経済　：けいざい	コスモス・には けいざい・には
		中高	お握り：おにぎり 向日葵：ひまわり	おにぎり・には ひまわり・には
		中高	湖　　：みずうみ 味噌汁：みそしる	みずうみ・には みそしる・には
		尾高	妹　　：いもうと 一日　：いちにち	いもうと・には いちにち・には

PS：亦有第二個重音核消失，整體合併為一體的唸法，如：「めには」、「そらには」、「いぬには」、「ごはんには」、「たまごには」、「コスモスには」、「いもうとには」… 等。

113. 名詞＋有核助詞＋無核助詞的語調

「平板式」名詞接續一個有核助詞以及一個無核助詞時，重音核落在第一個助詞：

平板式	1拍	実：み 気：き 葉：は	みよりは きよりは はよりは
	2拍	酒：さけ 人：ひと 端：はし	さけよりは ひとよりは はしよりは
	3拍	魚：さかな 桜：さくら	さかなよりは さくらよりは
	4拍	友達：ともだち 学生：がくせい	ともだちよりは がくせいよりは

PS：此種情況，指的就是下列這些有核的格助詞與副詞並用時的情況：「よりは」、「までは」、「なんかは」，以及「よりも」、「までも」、「なんかも」等。

「起伏式」名詞接續有核助詞時，名詞部分的重音核在原本位置不變、以及第一個助詞：

起伏式	1拍	頭高	目　：め 絵　：え	め・よりは え・よりは
	2拍	頭高	空　：そら 箸　：はし	そら・よりは はし・よりは
		尾高	犬　：いぬ 橋　：はし	いぬ・よりは はし・よりは
	3拍	頭高	ご飯：ごはん 朝日：あさひ	ごはん・よりは あさひ・よりは
		中高	卵　：たまご 砂糖：さとう	たまご・よりは さとう・よりは
		尾高	刺身：さしみ 男　：おとこ	さしみ・よりは おとこ・よりは
	4拍	頭高	秋桜：コスモス 経済：けいざい	コスモス・よりは けいざい・よりは
		中高	お握り：おにぎり 向日葵：ひまわり	おにぎり・よりは ひまわり・よりは
		中高	湖　：みずうみ 味噌汁：みそしる	みずうみ・よりは みそしる・よりは
		尾高	妹　：いもうと 一日：いちにち	いもうと・よりは いちにち・よりは

PS：亦有第二個重音核消失，整體合併為一體的唸法，如：「めよりは」、「そらよりは」、「いぬよりは」、「ごはんよりは」、「たまごよりは」、「コスモスよりは」、「いもうとよりは」…等。

114. 名詞＋「の」的語調

「平板式」名詞接續助詞「の」時，整體仍為平板式：

平板式	1拍	実：み 気：き 葉：は	みの きの はの
	2拍	酒：さけ 人：ひと 端：はし	さけの ひとの はしの
	3拍	魚：さかな 桜：さくら	さかなの さくらの
	4拍	友達：ともだち 学生：がくせい	ともだちの がくせいの

補充說明右頁起伏式規則：

1. 尾高型的數詞或表達順序的詞，不會轉為平板式：
   一日：いちにち　→　いちにちの
   次　：つぎ　　　→　つぎの
   二つ：ふたつ　　→　ふたつの

2. 若因母音無聲化，而導致重音核移動至尾高型者，亦不會轉為平板式：
   地下：ちか →「ち」[i] 母音無聲化，重音核往後移→ ちか →ちかの
   基地：きち →「き」[i] 母音無聲化，重音核往後移→ きち →きちの

「起伏式」名詞接續助詞「の」時，名詞部分的重音核在原本位置不變，但「尾高型」的名詞接續「の」時，會轉為平板式：

起伏式	1拍	頭高	目　：め 絵　：え	めの えの
	2拍	頭高	空　：そら 箸　：はし	そらの はしの
		尾高	犬　：いぬ 橋　：はし	いぬの はしの
	3拍	頭高	ご飯　：ごはん 朝日　：あさひ	ごはんの あさひの
		中高	卵　：たまご 砂糖　：さとう	たまごの さとうの
		尾高	刺身　：さしみ 男　：おとこ	さしみの おとこの
	4拍	頭高	秋桜　：コスモス 経済　：けいざい	コスモスの けいざいの
		中高	お握り：おにぎり 向日葵：ひまわり	おにぎりの ひまわりの
		中高	湖　：みずうみ 味噌汁：みそしる	みずうみの みそしるの
		尾高	妹　：いもうと 大福　：だいふく	いもうとの だいふくの

PS：「中高型」的名詞，結尾若為長音、鼻音「ん」或二重母音等特殊拍，則有些高音會延續至「の」，整體轉為平板型。如：「きのう→きのうの」、「にほん→にほんの or にほんの」、「おととい→おとといの or おとといの」

115. 名詞＋だけ的語調

「平板式」名詞接續無核助詞「だけ」時，整體仍為平板式：

平板式	1拍	実：み 気：き 葉：は	みだけ きだけ はだけ
	2拍	酒：さけ 人：ひと 端：はし	さけだけ ひとだけ はしだけ
	3拍	魚：さかな 桜：さくら	さかなだけ さくらだけ
	4拍	友達：ともだち 学生：がくせい	ともだちだけ がくせいだけ

「起伏式」名詞接續無核助詞「だけ」時，名詞部分的重音核在原本位置不變：

起伏式	1拍	頭高	目　：め￣ 絵　：え￣	め￣だけ え￣だけ
	2拍	頭高	空　：そ￣ら 箸　：は￣し	そ￣らだけ は￣しだけ
		尾高	犬　：いぬ￣ 橋　：はし￣	いぬ￣だけ はし￣だけ
	3拍	頭高	ご飯：ご￣はん 朝日：あ￣さひ	ご￣はんだけ あ￣さひだけ
		中高	卵　：たま￣ご 砂糖：さと￣う	たま￣ごだけ さと￣うだけ
		尾高	刺身：さしみ￣ 男　：おとこ￣	さしみ￣だけ おとこ￣だけ
	4拍	頭高	秋桜：コ￣スモス 経済：け￣いざい	コ￣スモスだけ け￣いざいだけ
		中高	お握り：おに￣ぎり 向日葵：ひま￣わり	おに￣ぎりだけ ひま￣わりだけ
		中高	湖　：みずう￣み 味噌汁：みそし￣る	みずう￣みだけ みそし￣るだけ
		尾高	妹　：いもうと￣ 一日：いちにち￣	いもうと￣だけ いちにち￣だけ

PS：亦有整體轉為平板式的唸法，如：「め￣だけ」、「そ￣らだけ」、「いぬ￣だけ」、「ご￣はんだけ」、「たま￣ごだけ」、「コ￣スモスだけ」、「いもうと￣だけ」…等。

116. 名詞＋しか的語調

「平板式」名詞接續有核助詞「しか」時，重音核落在「し」：

平板式	1拍	実：み 気：き 葉：は	みしか きしか はしか
	2拍	酒：さけ 人：ひと 端：はし	さけしか ひとしか はししか
	3拍	魚：さかな 桜：さくら	さかなしか さくらしか
	4拍	友達：ともだち 学生：がくせい	ともだちしか がくせいしか

PS：受到「し」[i] 母音無聲化的影響，亦有重音核往前移一拍的唸法。如：「みしか」、「さけしか」、「さかなしか」、「ともだちしか」…等。

PS：亦有整體轉為平板式的唸法。如：「みしか」、「さけしか」、「さかなしか」、「ともだちしか」…等。

「起伏式」名詞接續有核助詞「しか」時，名詞部分的重音核在原本位置不變、以及「し」：

起伏式	1拍	頭高	目　　：め 絵　　：え	め・しか え・しか
	2拍	頭高	空　　：そら 箸　　：はし	そら・しか はし・しか
		尾高	犬　　：いぬ 橋　　：はし	いぬ・しか はし・しか
	3拍	頭高	ご飯　：ごはん 朝日　：あさひ	ごはん・しか あさひ・しか
		中高	卵　　：たまご 砂糖　：さとう	たまご・しか さとう・しか
		尾高	刺身　：さしみ 男　　：おとこ	さしみ・しか おとこ・しか
	4拍	頭高	秋桜　：コスモス 経済　：けいざい	コスモス・しか けいざい・しか
		中高	お握り：おにぎり 向日葵：ひまわり	おにぎり・しか ひまわり・しか
		中高	湖　　：みずうみ 味噌汁：みそしる	みずうみ・しか みそしる・しか
		尾高	妹　　：いもうと 一日　：いちにち	いもうと・しか いちにち・しか

PS：亦有第二個重音核消失，整體合併為一體的唸法，如：「めしか」、「そらしか」、「いぬしか」、「ごはんしか」、「たまごしか」、「コスモスしか」、「いもうとしか」... 等。

117. 名詞＋ばかり的語調

「平板式」名詞接續有核助詞「ばかり」時，重音核落在「ば」：

平板式	1拍	実：み 気：き 葉：は	みばかり きばかり はばかり
	2拍	酒：さけ 人：ひと 端：はし	さけばかり ひとばかり はしばかり
	3拍	魚：さかな 桜：さくら	さかなばかり さくらばかり
	4拍	友達：ともだち 学生：がくせい	ともだちばかり がくせいばかり

「起伏式」名詞接續有核助詞「ばかり」時，名詞部分的重音核在原本位置不變、以及「ば」：

起伏式	1拍	頭高	目　：め 絵　：え	め・ばかり え・ばかり
	2拍	頭高	空　：そら 箸　：はし	そら・ばかり はし・ばかり
		尾高	犬　：いぬ 橋　：はし	いぬ・ばかり はし・ばかり
	3拍	頭高	ご飯：ごはん 朝日：あさひ	ごはん・ばかり あさひ・ばかり
		中高	卵　：たまご 砂糖：さとう	たまご・ばかり さとう・ばかり
		尾高	刺身：さしみ 男　：おとこ	さしみ・ばかり おとこ・ばかり
	4拍	頭高	秋桜：コスモス 経済：けいざい	コスモス・ばかり けいざい・ばかり
		中高	お握り：おにぎり 向日葵：ひまわり	おにぎり・ばかり ひまわり・ばかり
		中高	湖　：みずうみ 味噌汁：みそしる	みずうみ・ばかり みそしる・ばかり
		尾高	妹　：いもうと 一日：いちにち	いもうと・ばかり いちにち・ばかり

PS：亦有第二個重音核消失，整體合併為一體的唸法，如：「めばかり」、「そらばかり」、「いぬばかり」、「ごはんばかり」、「たまごばかり」、「コスモスばかり」、「いもうとばかり」… 等。

118. 名詞＋ぐらい的語調

「平板式」名詞接續有核助詞「ぐらい／くらい」時，重音核落在「く／ぐ」：

平板式	1拍	実 ：み 気 ：き 葉 ：は	みぐらい きぐらい はぐらい
	2拍	酒 ：さけ 人 ：ひと 端 ：はし	さけぐらい ひとぐらい はしぐらい
	3拍	魚 ：さかな 桜 ：さくら	さかなぐらい さくらぐらい
	4拍	友達：ともだち 学生：がくせい	ともだちぐらい がくせいぐらい

「起伏式」名詞接續有核助詞「ぐらい／くらい」時，名詞部分的重音核在原本位置不變、以及「く／ぐ」：

起伏式	1拍	頭高	目　：め 絵　：え	め・ぐらい え・ぐらい
	2拍	頭高	空　：そら 箸　：はし	そら・ぐらい はし・ぐらい
		尾高	犬　：いぬ 橋　：はし	いぬ・ぐらい はし・ぐらい
	3拍	頭高	ご飯：ごはん 朝日：あさひ	ごはん・ぐらい あさひ・ぐらい
		中高	卵　：たまご 砂糖：さとう	たまご・ぐらい さとう・ぐらい
		尾高	刺身：さしみ 男　：おとこ	さしみ・ぐらい おとこ・ぐらい
	4拍	頭高	秋桜：コスモス 経済：けいざい	コスモス・ぐらい けいざい・ぐらい
		中高	お握り：おにぎり 向日葵：ひまわり	おにぎり・ぐらい ひまわり・ぐらい
		中高	湖　：みずうみ 味噌汁：みそしる	みずうみ・ぐらい みそしる・ぐらい
		尾高	妹　：いもうと 一日：いちにち	いもうと・ぐらい いちにち・ぐらい

PS：亦有第一個重音核消失，整體合併為一體的唸法，如：「めぐらい」、「そらぐらい」、「いぬぐらい」、「ごはんぐらい」、「たまごぐらい」、「コスモスぐらい」、「いもうとぐらい」…等。尾高型名詞＋ぐらい，亦有第二個重音核消失，整體合併為一體的唸法，如：「いぬぐらい」、「さしみぐらい」、「いもうとぐらい」…等。

119. 名詞だと的語調

「平板式」名詞接續「だと」時，重音核落在「だ」：

平板式	1拍	実　：み 気　：き 葉　：は	みだと きだと はだと
	2拍	酒　：さけ 人　：ひと 端　：はし	さけだと ひとだと はしだと
	3拍	魚　：さかな 桜　：さくら	さかなだと さくらだと
	4拍	友達：ともだち 学生：がくせい	ともだちだと がくせいだと

「起伏式」名詞接續「だと」時，名詞部分的重音核在原本位置不變、以及「だ」的位置：

起伏式	1拍	頭高	目　　：め 絵　　：え	め・だと え・だと
	2拍	頭高	空　　：そら 箸　　：はし	そら・だと はし・だと
		尾高	犬　　：いぬ 橋　　：はし	いぬ・だと はし・だと
	3拍	頭高	ご飯　：ごはん 朝日　：あさひ	ごはん・だと あさひ・だと
		中高	卵　　：たまご 砂糖　：さとう	たまご・だと さとう・だと
		尾高	刺身　：さしみ 男　　：おとこ	さしみ・だと おとこ・だと
	4拍	頭高	秋桜　：コスモス 経済　：けいざい	コスモス・だと けいざい・だと
		中高	お握り：おにぎり 向日葵：ひまわり	おにぎり・だと ひまわり・だと
		中高	湖　　：みずうみ 味噌汁：みそしる	みずうみ・だと みそしる・だと
		尾高	妹　　：いもうと 一日　：いちにち	いもうと・だと いちにち・だと

PS：亦有第二個重音核消失，整體合併為一體的唸法，如：「めだと」、「そらだと」、「いぬだと」、「ごはんだと」、「たまごだと」、「コスモスだと」、「いもうとだと」... 等。

120. 名詞って的語調

「平板式」名詞接續「って」時，整體仍為平板式：

平板式	1拍	実：み 気：き 葉：は	みって きって はって
	2拍	酒：さけ 人：ひと 端：はし	さけって ひとって はしって
	3拍	魚：さかな 桜：さくら	さかなって さくらって
	4拍	友達：ともだち 学生：がくせい	ともだちって がくせいって

「起伏式」名詞接續「って」時，名詞部分的重音核在原本位置不變：

起伏式	1拍	頭高	目　：め̚ 絵　：え̚	め̚って え̚って
	2拍	頭高	空　：そ̚ら 箸　：は̚し	そ̚らって は̚しって
		尾高	犬　：いぬ̚ 橋　：はし̚	いぬ̚って はし̚って
	3拍	頭高	ご飯：ご̚はん 朝日：あ̚さひ	ご̚はんって あ̚さひって
		中高	卵　：たま̚ご 砂糖：さと̚う	たま̚ごって さと̚うって
		尾高	刺身：さしみ̚ 男　：おとこ̚	さしみ̚って おとこ̚って
	4拍	頭高	秋桜：コ̚スモス 経済：け̚いざい	コ̚スモスって け̚いざいって
		中高	お握り：おに̚ぎり 向日葵：ひま̚わり	おに̚ぎりって ひま̚わりって
		中高	湖　：みず̚うみ 味噌汁：みそ̚しる	みず̚うみって みそ̚しるって
		尾高	妹　：いもうと̚ 一日：いちにち̚	いもうと̚って いちにち̚って

121. 名詞なの（だ）的語調

「平板式」名詞接續「なの（だ）」時，重音核落在「な」：

平板式	1拍	実：み 気：き 葉：は	みなの（だ） きなの（だ） はなの（だ）
	2拍	酒：さけ 人：ひと 端：はし	さけなの（だ） ひとなの（だ） はしなの（だ）
	3拍	魚：さかな 桜：さくら	さかななの（だ） さくらなの（だ）
	4拍	友達：ともだち 学生：がくせい	ともだちなの（だ） がくせいなの（だ）

「起伏式」名詞接續「なの（だ）」時，名詞部分的重音核在原本位置不變、以及「な」的位置：

起伏式	1拍	頭高	目　：め˥ 絵　：え˥	め˥・なの（だ） え˥・なの（だ）
	2拍	頭高	空　：そ˥ら 箸　：は˥し	そ˥ら・なの（だ） は˥し・なの（だ）
		尾高	犬　：いぬ˥ 橋　：はし˥	いぬ˥・なの（だ） はし˥・なの（だ）
	3拍	頭高	ご飯：ご˥はん 朝日：あ˥さひ	ご˥はん・なの（だ） あ˥さひ・なの（だ）
		中高	卵　：た˥まご 砂糖：さと˥う	た˥まご・なの（だ） さと˥う・なの（だ）
		尾高	刺身：さしみ˥ 男　：おとこ˥	さしみ˥・なの（だ） おとこ˥・なの（だ）
	4拍	頭高	秋桜：コ˥スモス 経済：け˥いざい	コ˥スモス・なの（だ） け˥いざい・なの（だ）
		中高	お握り：おに˥ぎり 向日葵：ひま˥わり	おに˥ぎり・なの（だ） ひま˥わり・なの（だ）
		中高	湖　：みず˥うみ 味噌汁：みそ˥しる	みず˥うみ・なの（だ） みそ˥しる・なの（だ）
		尾高	妹　：いもうと˥ 一日：いちにち˥	いもうと˥・なの（だ） いちにち˥・なの（だ）

PS：亦有第二個重音核消失，整體合併為一體的唸法，如：「め˥なの（だ）」、「そ˥らなの（だ）」、「いぬ˥なの（だ）」、「ご˥はんなの（だ）」、「た˥まごなの（だ）」、「コ˥スモスなの（だ）」、「いもうと˥なの（だ）」...等。

122. 名詞なので的語調

「平板式」名詞接續「なので」時，重音核落在「な」：

平板式	1拍	実：み 気：き 葉：は	みなので きなので はなので
	2拍	酒：さけ 人：ひと 端：はし	さけなので ひとなので はしなので
	3拍	魚：さかな 桜：さくら	さかななので さくらなので
	4拍	友達：ともだち 学生：がくせい	ともだちなので がくせいなので

「起伏式」名詞接續「なので」時，名詞部分的重音核在原本位置不變、以及「な」的位置：

起伏式	1拍	頭高	目：め 絵：え	め・なので え・なので
	2拍	頭高	空：そら 箸：はし	そら・なので はし・なので
		尾高	犬：いぬ 橋：はし	いぬ・なので はし・なので
	3拍	頭高	ご飯：ごはん 朝日：あさひ	ごはん・なので あさひ・なので
		中高	卵：たまご 砂糖：さとう	たまご・なので さとう・なので
		尾高	刺身：さしみ 男：おとこ	さしみ・なので おとこ・なので
	4拍	頭高	秋桜：コスモス 経済：けいざい	コスモス・なので けいざい・なので
		中高	お握り：おにぎり 向日葵：ひまわり	おにぎり・なので ひまわり・なので
		中高	湖：みずうみ 味噌汁：みそしる	みずうみ・なので みそしる・なので
		尾高	妹：いもうと 一日：いちにち	いもうと・なので いちにち・なので

PS：亦有第二個重音核消失，整體合併為一體的唸法，如：「めなので」、「そらなので」、「いぬなので」、「ごはんなので」、「たまごなので」、「コスモスなので」、「いもうとなので」…等。

123. 名詞なのに的語調

「平板式」名詞接續「なのに」時，重音核落在「な」：

平板式	1拍	実　：み 気　：き 葉　：は	みなのに きなのに はなのに
	2拍	酒　：さけ 人　：ひと 端　：はし	さけなのに ひとなのに はしなのに
	3拍	魚　：さかな 桜　：さくら	さかななのに さくらなのに
	4拍	友達：ともだち 学生：がくせい	ともだちなのに がくせいなのに

「起伏式」名詞接續「なのに」時，名詞部分的重音核在原本位置不變、以及「な」的位置：

起伏式	1拍	頭高	目　　：め 絵　　：え	め・なのに え・なのに
	2拍	頭高	空　　：そら 箸　　：はし	そら・なのに はし・なのに
		尾高	犬　　：いぬ 橋　　：はし	いぬ・なのに はし・なのに
	3拍	頭高	ご飯　：ごはん 朝日　：あさひ	ごはん・なのに あさひ・なのに
		中高	卵　　：たまご 砂糖　：さとう	たまご・なのに さとう・なのに
		尾高	刺身　：さしみ 男　　：おとこ	さしみ・なのに おとこ・なのに
	4拍	頭高	秋桜　：コスモス 経済　：けいざい	コスモス・なのに けいざい・なのに
		中高	お握り：おにぎり 向日葵：ひまわり	おにぎり・なのに ひまわり・なのに
		中高	湖　　：みずうみ 味噌汁：みそしる	みずうみ・なのに みそしる・なのに
		尾高	妹　　：いもうと 一日　：いちにち	いもうと・なのに いちにち・なのに

PS：亦有第二個重音核消失，整體合併為一體的唸法，如：「めなのに」、「そらなのに」、「いぬなのに」、「ごはんなのに」、「たまごなのに」、「コスモスなのに」、「いもうとなのに」... 等。

◎ 總整理

　　名詞本身的語調分成平板式（無核型）以及起伏式（有核型）兩種。不同於動詞與イ形容詞語之重音核位置固定，名詞的音調為「n+1 型」體系。意指：1 拍名詞，就會有平板式與頭高型 2 種；2 拍名詞，就會有平板式、頭高型與尾高調 3 種；3 拍名詞，就會有平板式、頭高型、中高調與尾高調 3 種；4 拍名詞就會有 5 種；5 拍名詞就會有 6 種 ... 因此得名「n+1」。本文中起伏式的表格，會將其各種重音核位置之例子舉例出來。

　　接續於名詞後方的附屬語，亦分成「平板式附屬語」以及「起伏式附屬語」兩種。「平板式附屬語」，指的就是這個附屬語本身並無重音核，本身為平板式的語調。「起伏式附屬語」，則是這個附屬語本身擁有重音核，本身為起伏式的語調。

① 名詞＋「平板式附屬語」時的情況
- 平板式名詞＋平板式附屬語＝整體仍為平板式。
  　酒：さけ＋から＝さけから

- 起伏式名詞＋平板式附屬語＝重音核落在名詞原本的部分。
  　空：そら＋から＝そらから
  　犬：いぬ＋から＝いぬから

　　符合上述規則的附屬語，有：が、を、に、で、へ、と、の＊、か、だ、は、も、や、から、だけ、って、ほど ... 等。（＊：有例外的情況，請參考本文）

② 名詞＋「起伏式附屬語」時的情況
- 平板式名詞＋起伏式附屬語＝重音核落在附屬語原本的部分。
  　酒：さけ＋まで＝さけまで

- 起伏式名詞＋起伏式附屬語＝重音核分別落在名詞以及附屬語原本的部分。
  亦有僅保有名詞部分重音核的唸法。

空：そら＋まで＝そら・まで
　　　　　　　＝そらまで
犬：いぬ＋まで＝いぬ・まで
　　　　　　　＝いぬまで
PS：實際發音上，第二次的下降幅度會比第一次的下降幅度小。

　　符合上述規則的附屬語，有：かも、ぐらい／くらい＊、こそ、さえ、しか、だった、だって、だと、だろう、でした、でしょう、です、では、でも、とか、とは、とも、など、なのだ、なので、なのに、なら、ならば、なんか、なんて、には、にも、のみ、ばかり、へは、へも、まで、みたいだ、より、らしい（助動詞）… 等。（＊：有例外的情況，請參考本文）

③ 附屬語決定型

　　所謂的「附屬語決定型」，指的就是無論動詞部分為平板式或起伏式，整體的重音核一律落在附屬語原本的部分。另外，此型的附屬語，一定是起伏式的附屬語。

・平板式名詞＋起伏式附屬語ぐらい＝重音核落在附屬語原本的部分。
　酒：さけ＋ぐらい＝さけぐらい

・起伏式名詞＋起伏式附屬語ぐらい＝重音核落在附屬語原本的部分。
　　　　　　　　　　　　　　近年興起同時保留名詞本身重音核的唸法。
　空：そら＋ぐらい＝そらぐらい
　　　　　　　　　＝そら・ぐらい（近年主流）
　犬：いぬ＋ぐらい＝いぬぐらい
　　　　　　　　　＝いぬ・ぐらい（近年主流）

　　符合上述規則的附屬語，有：ぐらい／くらい、らしい（接尾辞）… 等。（＊：有例外的情況，請參考本文）

附錄

1、複合動詞的語調規則

　　日語複合動詞的語調極為單純，無論前部要素或後部要素為有核或者無核，複合動詞一律將重音核放在倒數第二拍上。

[平板式動詞＋平板式動詞]
- 追う（おう）　　　＋　抜く（ぬく）　　　＝　おいぬく
- 泣く（なく）　　　＋　止む（やむ）　　　＝　なきやむ
- 転がる（ころがる）＋　始める（はじめる）＝　ころがりはじめる

[平板式動詞＋起伏式動詞]
- 追う（おう）　　　＋　出す（だす）　　　＝　おいだす
- 買う（かう）　　　＋　取る（とる）　　　＝　かいとる
- 転がる（ころがる）＋　落ちる（おちる）　＝　ころがりおちる

[起伏式動詞＋平板式動詞]
- 歩く（あるく）　＋　続ける（つづける）　＝　あるきつづける
- 見る（みる）　　＋　渡す（わたす）　　　＝　みわたす
- 読む（よむ）　　＋　上げる（あげる）　　＝　よみあげる

[起伏式動詞＋起伏式動詞]
- 歩く（あるく）　＋　疲れる（つかれる）　＝　あるきつかれる
- 見る（みる）　　＋　過ぎる（すぎる）　　＝　みすぎる
- 読む（よむ）　　＋　直す（なおす）　　　＝　よみなおす

上述前部要素為「起伏式動詞」時，亦有整體轉為平板式的唸法。如：

[起伏式動詞＋平板式動詞]
・歩く（あるく）　＋　続ける（つづける）　＝　あるきつづける
・見る（みる）　　＋　渡す（わたす）　　　＝　みわたす
・読む（よむ）　　＋　上げる（あげる）　　＝　よみあげる

[起伏式動詞＋起伏式動詞]
・歩く（あるく）　＋　疲れる（つかれる）　＝　あるきつかれる
・見る（みる）　　＋　過ぎる（すぎる）　　＝　みすぎる
・読む（よむ）　　＋　直す（なおす）　　　＝　よみなおす

2、複合イ形容詞的語調規

　　日語複合イ形容詞的語調極為單純，無論前部要素或後部要素為有核或者無核，複合イ形容詞一律將重音核放在倒數第二拍上。

[後部要素為平板式イ形容詞]
- 身（み）　　＋　軽い（かるい）　　＝　みがるい
- 物（もの）　　＋　悲しい（かなしい）　　＝　ものがなしい
- 仄（ほの）　　＋　暗い（くらい）　　＝　ほのぐらい
- 薄い（うすい）　　＋　暗い（くらい）　　＝　うすぐらい

[後部要素為起伏式イ形容詞]
- 真（ま）　　＋　白い（しろい）　　＝　まっしろい
- 青（あお）　　＋　白い（しろい）　　＝　あおじろい
- 心（こころ）　　＋　細い（ほそい）　　＝　こころぼそい
- 悪い（わるい）　　＋　賢い（かしこい）　　＝　わるがしこいい

　　複合イ形容詞的前部要素，有可能是名詞，亦有可能是形容詞。若為形容詞時，複合時會將イ形容詞的「～い」語尾刪除。後部要素有時會有連濁的情況產生。由於本書並非語彙專書，因此複合語的連濁、轉音等現象不深入探討。

上述後部要素為「平板式イ形容詞」時，亦有整體轉為平板式的唸法。如：

[後部要素為平板式イ形容詞]

- 身（み）　　　　＋　軽い（かるい）　　＝　みがるい
- 物（もの）　　　＋　悲しい（かなしい）　＝　ものがなしい
- 仄（ほの）　　　＋　暗い（くらい）　　＝　ほのぐらい
- 薄い（うすい）　＋　暗い（くらい）　　＝　うすぐらい

3、複合名詞的語調規則

日語的複合名詞，有些有規則性，有些卻只能死記硬背，尤其是前後要素若都低於兩拍，就幾乎無規則可言。本文所介紹的日語複合名詞，只針對於有規則性的部分。

複合名詞的語調，總共分成三大類型：1.「非複合化複合名詞」、2.「不完全複合名詞」、3.「一單位複合名詞」。

1. 非複合化複合名詞：

　　新旧（しんきゅう）　＋　交代（こうたい）　＝　しんきゅう・こうたい
　　保留前部　　　　　　　　保留後部　　　　　　　　前後兩部分的語調都保留下來

2. 不完全複合名詞：

　　太陽（たいよう）　＋　エネルギー　　＝　たいようエネルギー
　　~~前部消除~~　　　　　　保留後部　　　　　　　　僅保留後部的語調

3. 一單位複合名詞：

　　紙（かみ）　　　　＋　芝居（しばい）　＝　かみしばい
　　生物（せいぶつ）　＋　学（がく）　　　＝　せいぶつがく
　　ガス　　　　　　　＋　管（かん）　　　＝　ガスかん
　　~~消除前部~~　　　　　　~~消除後部~~　　　　　　　統整成全新的語調

所謂的 1.「非複合化複合名詞」，指的就是像上例「新旧交代（新舊更迭）」這樣，前部要素與後部要素皆保留了其各自原本的語調。

286

所謂的 2.「不完全複合名詞」，則是指上例「太陽エネルギー（太陽能）」這樣，前部要素的語調消失了，整體複合名詞的語調統整保留在後部要素的部分（稱為：後部保存）。

而最後的 3.「一單位複合名詞」，則是指像上例「紙芝居（連環畫劇）」、「ガス管（瓦斯管線）」、「社員寮（員工宿舍）」這種，前後兩部分，其原本的語調都消失，整體統整成一個全新語調。

「紙芝居」將語調統一在後部要素的第一拍（稱為：後部一）
「生物学」將語調統一在前部要素的最後面（稱為：前部末）
「ガス管」將語調統一為平板式（稱為：平板）

也就是說，日語的複合名詞，語調不是前後兩者分別獨立，就是為後部保存、後部一、前部末或平板。

接下來，我們就來看看，這三類的複合名詞，會在怎樣的條件之下出現。

第一種「非複合化複合名詞」出現的情形，有 a. 前後兩要素為「並列關係」時。例如：
・比較対照（ひかく・たいしょう）
・整理整頓（せいり・せいとん）
・多芸多才（たげい・たさい）
・京都奈良（きょうと・なら）
・少子高齢化（しょうし・こうれいか）… 等。

287

亦有 b. 前部要素為後部要素的主語或目的語，也就是兩者之間有「格關係」時。如：
- 格差を是正する　→　格差是正（かくさ・ぜせい）
- 事務所を閉鎖する　→　事務所閉鎖（じむしょ・へいさ）
- 秩序が崩壊する　→　秩序崩壊（ちつじょ・ほうかい）
- 手続きが終了する　→　手続き終了（てつづき・しゅうりょう）... 等。

c. 若是由三個要素以上所組合的複合名詞，則是其中兩個會同整成一個單位，如：
- 短期（たんき）＋海外（かいがい）＋留学（りゅうがく）
　＝たんき・かいがいりゅうがく

第二種「不完全複合名詞」出現的情形，有 a. 後部要素為 5 拍以上的情況。如：
- ブルーベリー　＋　ヨーグルト　＝　ブルーベリーヨーグルト
- 地方（ちほう）　＋　裁判所（さいばんしょ）
　＝ちほうさいばんしょ
- 天体（てんたい）＋　望遠鏡（ぼうえんきょう）
　＝てんたいぼうえんきょう

亦有 b. 後部要素為 4 拍以下，但後部要素本身已經是複合名詞時。例如：
- 市立（しりつ）　＋　図書館（としょかん）　＝　しりつとしょかん
- 税務（ぜいむ）　＋　事務所（じむしょ）　＝　ぜいむじむしょ

這些名詞都會刪除前部要素的語調，保留後部的語調。也就是 後部保存 。

第三種「一單位複合名詞」出現的情形，則為後部要素為 1~4 拍的情況。如：

[後部要素 1 拍]：語調原則為 前部末 、少數例外為 平板 。

- 外科（げか）　　＋　医（い）　　＝　げかい　　　　　前部末
- 大阪（おおさか）＋　市（し）　　＝　おおさかし　　　前部末
- 東京（とうきょう）＋　都（と）　＝　とうきょうと *　前部末

PS：「東京都」的重音核理應落在「う」，但由於長音屬於特殊拍，因此重音核往前移一拍。

- 日本（にほん）　＋　語（ご）　　＝　にほんご　　　　平板
- 総務（そうむ）　＋　課（か）　　＝　そうむか　　　　平板

[後部要素 2 拍]：語調原則為 前部末 、少數例外為 後部一 。

- 黄粉（きなこ）　＋　餅（もち）　　＝　きなこもち　　前部末
- 愛知（あいち）　＋　県（けん）　　＝　あいちけん　　前部末
- 目白（めじろ）　＋　駅（えき）　　＝　めじろえき　　前部末
- アメリカ　　　　＋　人（じん）　　＝　アメリカじん　前部末

PS：「日本人（にほんじ＼ん）」的重音核落在「じ」，此為例外。

- 保護（ほご）　　＋　主義（しゅぎ）＝　ほごしゅぎ　　後部一
- 資産（しさん）　＋　価値（かち）　＝　しさんかち　　後部一

[後部要素 3 拍]：語調原則為 後部一 。

- 山（やま）　　　＋　桜（さくら）　＝　やまざくら　　後部一
- 雪（ゆき）　　　＋　男（おとこ）　＝　ゆきおとこ　　後部一
- 世界（せかい）　＋　記録（きろく）＝　せかいきろく　後部一
- 相談（そうだん）＋　相手（あいて）＝　そうだんあいて　後部一

[後部要素 4 拍]：語調原則為 後部一 、少數例外為 後部保存 。
- 東京（とうきょう）＋大学（だいがく）　＝とうきょうだいがく　 後部一
- 共同（きょうどう）＋生活（せいかつ）　＝きょうどうせいかつ　 後部一
- 個人（こじん）　　＋経営（けいえい）　＝こじんけいえい　　　 後部一
- チーズ　　　　　　＋蒲鉾（かまぼこ）　＝チーズかまぼこ　　　 後部一
- 行政（ぎょうせい）＋手続き（てつづき）＝ぎょうせいてつづき　 後部保存

PS：少數後部要素四拍的複合語，如：「作物、手続き」會保留在後部要素原本的重音核。

　　這種「一單位複合名詞」，複合後一定都會是起伏型的。後部要素為 1~2 拍時，重音核多半會出現在前部要素的最後（ 前部末 ）。若後部後素為 3~4 拍時，則重音核多半會出現在後部要素的第一拍（ 後部一 ）。

　　統整上述規則即可得知，後部要素為 1~4 拍時，容易成為「一單位複合名詞」。後部要素為 5 拍以上時，則容易成為「不完全複合名詞」。當然，背離以上規則的例外也不少，例如：

- 「男湯（おとこゆ）」：照理說應該為 前部末 、但卻是例外的 平板 。
- 「紫色（むらさきいろ）」：照理說應該為 前部末 、但卻是例外的 平板 。
- 「非常ベル（ひじょうべる）」：照理說應該為 前部末 、
　　　　　　　　　　　　　　　但卻是例外的 後部一 。
- 「紙飛行機（かみひこうき）」：照理說應該為 後部一 、
　　　　　　　　　　　　　　　但卻是例外的 後部保存 。

　　因此還是建議學習者，學習到一個新的複合名詞時，就順便將其正確的音調唸熟。

4、ナ形容詞的語調規則

　　日語的ナ形容詞，在文法形態上與名詞雷同，後方一樣可加上助動詞或助詞等。因此，只要比照 part 3 名詞的規則即可。例如：

[ナ形容詞です的語調]
- 平板式ナ形容詞　丈夫（じょうぶ）　＋　です　＝　じょうぶです
- 起伏式ナ形容詞　静か（しずか）　＋　です　＝　しずか・です
　　　　　　　　　　　　　　　　　　　　　　　＝　しずかです

[ナ形容詞だ的語調]
- 平板式ナ形容詞　丈夫（じょうぶ）　＋　だ　＝　じょうぶだ
- 起伏式ナ形容詞　静か（しずか）　＋　だ　＝　しずかだ

[ナ形容詞だった的語調]
- 平板式ナ形容詞　丈夫（じょうぶ）　＋　だった　＝　じょうぶだった
- 起伏式ナ形容詞　静か（しずか）　＋　だった　＝　しずか・だった
　　　　　　　　　　　　　　　　　　　　　　　　　＝　しずかだった

[ナ形容詞なら（ば）的語調]
- 平板式ナ形容詞　丈夫（じょうぶ）　＋　なら　＝　じょうぶなら
- 起伏式ナ形容詞　静か（しずか）　＋　なら　＝　しずか・なら
　　　　　　　　　　　　　　　　　　　　　　　　＝　しずかなら

.... 依此類推。

5、外來語的語調規則

外來語的語調規則比較明確，且大多為起伏式。2 拍的外來語，基本上多為頭高型。例如：

- パン　　ガム　　ゼロ　　ピザ　　ペン　　ドア　　ジャズ

3 拍以上的外來語，其重音核多落在倒數第 3 拍，例如：

- （3 拍）バナナ　　ビデオ　　パンダ　　バター
- （4 拍）オレンジ　　ドライブ　　デパート　　ポケット
- （5 拍）ウイスキー　　ヨーロッパ　　チョコレート
- （6 拍）オーストリア　　カレーライス　　サンドイッチ
- （7 拍）アイスクリーム　　オーストラリア

若碰巧倒數第 3 拍為「長音、促音、鼻音、或雙重母音的第二要素い」等特殊拍時，則重音核會往前移一拍，落在倒數第 4 拍。例如：

- （4 拍）ライター　　カーテン　　クッキー　　カップル
- （5 拍）カレンダー　　リサイクル　　マネージャー
- （6 拍）バドミントン　　エレベーター　　コンピューター

若外來語為四拍的詞彙，且最後兩拍不含任何特殊拍（自立拍＋自立拍），且字尾最後為母音 [a]、[e]、或 [o] 時，則會發音為平板式（無重音核）。例如：

- [~a]：イタリア　　カナリア　　アメリカ　　ラザニア
- [~e]：インフレ　　コンソメ　　ウクレレ　　モルヒネ
- [~o]：ステレオ　　メキシコ　　エジプト　　ストロボ

當然，背離以上規則的例外也不少。例如：

- ガラス　　ベルト　　ボタン
- ハンカチ　　コーヒー（※ 受到特殊拍影響，重音核往後移一拍）
- タクシー（※ 受到ク [u] 母音無聲化的影響，重音核往前移一拍）

因此還是建議學習者，學習到一個新的外來語時，就順便將其正確的音調唸熟。

6、稱謂相關的語調規則

[～さん／さま／ちゃん]

　　平板式人名或者是姓氏加上「～さん」、「～さま」或、「～ちゃん」時，整體語調仍為平板式：
- 中村（なかむら）　→　なかむらさん
- 山田（やまだ）　→　やまださま
- 香織（かおり）　→　かおりちゃん

　　起伏式人名或者是姓氏加上「～さん」、「～さま」或、「～ちゃん」時，保留原本性或名的語調：
- 佐藤（さとう）　→　さとうさん
- 竹内（たけうち）　→　たけうちさま
- 静香（しずか）　→　しずかちゃん

[～君]

　　平板式人名或者是姓氏加上「～君」時，整體語調仍為平板式，或重音核落在姓、名最後：
- 中村（なかむら）　→　なかむらくん　→　なかむらくん
- 山田（やまだ）　→　やまだくん　→　やまだくん
- 政夫（まさお）　→　まさおくん　→　まさおくん

起伏式人名或者是姓氏加上「〜君」時，保留原本性或名的語調：
- 佐藤（さとう）　　→　さとうくん
- 竹内（たけうち）　→　たけうちくん
- 太郎（たろう）　　→　たろうくん

[〜氏]

平板式人名或者是姓氏加上「〜氏」時，重音核落在姓、名最後：
- 中村（なかむら）　→　なかむらし
- 山田（やまだ）　　→　やまだし

起伏式人名或者是姓氏加上「〜氏」時，保留原本性或名的語調：
- 佐藤（さとう）　　→　さとうし
- 竹内（たけうち）　→　たけうちし

[〜たち]

表示複數人的「たち」，原則上重音核落在「た」的前方。若前接的人稱代名詞為頭高型（例如「僕」），則保留其原本重音核：

- 平板式　　君（きみ）　　→　きみたち
　　　　　　私（わたし）　→　わたしたち
　　　　　　子供（こども）→　こどもたち

- 起伏式　　僕（ぼく）　　→　ぼくたち
　　　　　　貴方（あなた）→　あなたたち

7、人名相關的語調規則

[2 拍的人名]：以頭高型居多

- 男：鉄（てつ）　　信（しん）　　遼（りょう）　　翔（しょう）
- 女：美紀（みき）　　恵美（えみ）　　菊（きく）　　綾（あや）

[3 拍的人名]：依結尾或品詞判斷

- 男：し（史、志）、じ（二、司）、人（と）、太（た）…等結尾者，為頭高型。

　　　正志（まさし）　　篤史（あつし）
　　　真司（しんじ）　　健二（けんじ）
　　　晴人（はると）　　健人（けんと）
　　　聡太（そうた）　　陽太（ひなた）

　　　お（男、夫、雄）…等結尾者，為平板型。

　　　政夫（まさお）　　義夫（よしお）　　秀雄（ひでお）

- 女：こ（子）結尾者，為頭高型。

　　　雅子（まさこ）　　智子（ともこ）　　亜希子（あきこ）

　　　え（絵、江、恵、枝）、み（実、美）…等結尾者，為平板型。

　　　佳恵（よしえ）　　友枝（ともえ）
　　　晴美（はるみ）　　清実（きよみ）

- 形容詞轉成者，無論男女，皆為頭高型。

　　　豊（ゆたか）　　明（あきら）　　貴（たかし）
　　　遥（はるか）　　静（しずか）　　円（まどか）

- 動詞轉成者，無論男女，皆為平板型。
    守（まもる）　　進（すすむ）　　勇（いさむ）
    香（かおり）　　希（のぞみ）　　忍（しのぶ）

- 3拍的人名中，最後一字為「一」者，皆為頭高型。
    貴一（きいち）　　与一（よいち）

[4拍的人名]：
- 兩字訓讀漢字組合而成者，重音核多落在第2拍。
    博之（ひろゆき）　　正弘（まさひろ）　　秀吉（ひでよし）

- 第一字為音讀漢字，且含特殊拍者，第二字為「一」者，皆為平板型。
    浩一（こういち）　　健一（けんいち）　　龍一（りゅういち）

- 第一字為訓讀漢字，且第二字為「一」者，重音核多落在第2拍。
    彦一（ひこいち）　　政一（まさいち）　　勝一（かついち）

上述規則外的人名不勝枚舉，因此還是建議學習者，認識一位新朋友時，就注意將其姓名的正確的語調記熟，日後往來才不顯失禮。

Memo

Memo

日本語 - 015

穩紮穩打日本語　語調篇

編　　　　著	目白 JFL 教育研究会
代　　　　表	TiN
排 版 設 計	想閱文化有限公司
總　編　輯	陳郁屏
發　行　人	陳郁屏
插　　　　圖	想閱文化有限公司
出 版 發 行	想閱文化有限公司
	屏東市 900 復興路 1 號 3 樓
	Email：cravingread@gmail.com
總　經　銷	大和書報圖書股份有限公司
	新北市 242 新莊區五工五路 2 號
	電話：(02)8990 2588
	傳真：(02)2299 7900
二　刷　修　訂	2025 年 06 月
定　　　　價	350 元
I　S　B　N	978-626-99745-2-8

國家圖書館出版品預行編目 (CIP) 資料

穩紮穩打日本語 . 語調篇 / 目白 JFL 教育研究会編著 . -- 初版 .
-- 屏東市 : 想閱文化有限公司 , 2025.05
　　面；　公分 . -- (日本語；15)
ISBN 978-626-99745-2-8(平裝)

1.CST: 日語 2.CST: 發音

803.144　　　　　　　　　　　　114006498

版權所有 翻印必究
ALL RIGHTS RESERVED

若書籍外觀有破損、缺頁、
裝訂錯誤等不完整現象，
請寄回本社更換。